La danseuse et l'homme d'affaires

BELLA FRANCES

La danseuse et l'homme d'affaires

Traduction française de
JEAN-BAPTISTE ANDRÉ

AZUR

HARLEQUIN

Collection : Azur

Ce roman a déjà été publié en 2019

Titre original :
THE TYCOON'S SHOCK HEIR

HARPERCOLLINS FRANCE
83-85, boulevard Vincent-Auriol, 75646 PARIS CEDEX 13
Service Clients — www.harlequin.fr
ISBN 978-2-2805-1620-4 — ISSN 0993-4448

Édité par HarperCollins France.
Composition et mise en pages Nord Compo.
Imprimé en février 2025 par CPI Black Print (Barcelone)
en utilisant 100% d'électricité renouvelable.
Dépôt légal : mars 2025.

FSC www.fsc.org
MIXTE
Papier issu de sources responsables
FSC® C159065

Pour limiter l'empreinte environnementale de ses livres, HarperCollins France s'engage à n'utiliser que du papier fabriqué à partir de bois provenant de forêts gérées durablement et de manière responsable.

1

Desserrant sa cravate, Matteo Rossini descendit de voiture et franchit d'un bond les quelques marches qui menaient à son avion. Le vendredi après-midi était le moment de la semaine qu'il préférait. Après l'effort – les heures interminables passées à son bureau –, le réconfort. Il comptait profiter du court vol de Rome à Londres pour abattre sa dernière tâche de la journée : appeler la directrice générale de la société, la *signora* Rossini en personne – sa mère.

Il remonta le couloir, s'assit à son bureau et tendit machinalement la main vers sa bière du vendredi. Il ne la trouva pas. Intrigué, il se retourna et balaya la cabine du regard. David, son assistant, n'était nulle part en vue. Étrange... Leur routine était pourtant bien réglée : il avalait une bière, passait un coup de fil à sa mère, enchaînait une série de pompes et d'abdominaux, puis il se douchait et se changeait. Arrivé à Londres, il rejoignait parfois sa dernière conquête. Ou il rejoignait ses amis, comme ce soir, pour une tournée des bars et des casinos.

Irrité, il tira son téléphone de sa poche, cherchant David des yeux. Où était-il, bon sang ? Au même instant, le *pschitt* caractéristique d'une bouteille de bière le fit pivoter. Il eut à peine le temps de remarquer une robe rouge moulant une paire de longues jambes que sa mère décrocha. Il ne put s'interroger davantage sur le remplacement de son assistant par une inconnue.

— Maman, c'est moi.

— Matteo ! Parfait ! J'allais justement t'appeler.

— Eh bien, me voilà. Avec des bonnes nouvelles, qui plus est.

— Vraiment ? Vas-y, je t'écoute.

Il hésita une seconde, le cœur battant sous l'effet de l'excitation.

— Arturo a enfin décidé de vendre. Nous aurons droit à la première offre.

— Après toutes ces années ? C'est merveilleux !

Un sourire aux lèvres, Matteo referma les doigts sur le verre de bière fraîche que l'hôtesse venait de poser devant lui. Merveilleux, oui, c'était le mot juste.

— Comment l'as-tu appris ? s'enquit sa mère.

— J'ai entendu des rumeurs et je me suis renseigné. Nous sommes les seuls sur les rangs.

Au bout du fil, le silence attesta de la tension de la vieille dame. Il imaginait aisément le mélange d'excitation et d'angoisse sur son visage.

— Tu en es sûr ? Sûr et certain ?

— Nous sommes les seuls candidats *sérieux* sur les rangs, corrigea-t-il. J'ai ouï dire que Claudio allait faire une offre, mais sa désastreuse réputation le précède. Il n'a pas la moindre chance.

— Matty, je ne sais pas si tu devrais te mêler de ça…

L'avion s'arracha au sol dans un rugissement de

réacteurs, et Matteo laissa passer quelques secondes avant de reprendre :

— Maman, c'est une occasion en or. Claudio nous a volé la moitié de nos clients, et je vais en récupérer autant. Si nous fusionnons avec Arturo, nous serons intouchables. Fais-moi confiance. Je te promets que tout ira bien.

— Tu n'as pas à me promettre quoi que ce soit. Je ne veux pas que tu perdes pied, comme ton père. Ça n'en vaut pas la peine.

Avec un soupir, Matteo renversa la tête contre le dossier de son siège. Cette réaction, il l'avait prévue. Mais il ne pouvait pas laisser échapper une telle chance.

— Il est hors de question que cette affaire nous passe sous le nez, maman. Hors de question que Claudio gagne une deuxième fois.

Il attendit une réaction qui ne vint pas. L'avion continua de grimper en silence. Non sans inquiétude, il se représenta la ride soucieuse sur le front pâle de sa mère, à jamais marqué par le deuil. Mais Oral Rossini n'était pas le genre de femme à capituler face à l'adversité.

— Tu as raison. Nous ne pouvons pas laisser Claudio nous humilier une seconde fois.

— Exactement, répondit Matteo, retenant un soupir de soulagement.

— Tu dois cependant me promettre que s'il tente quoi que ce soit, tu laisseras tomber. Je ne veux pas perdre un mari *et* un fils.

L'image de son père affalé sur son tableau de bord, les yeux grands ouverts, l'assaillit sans crier gare. Les rumeurs étaient allées bon train, après l'accident. On avait parlé d'une liaison entre Claudio et sa mère... D'une sordide histoire de jalousie. Matteo serra les dents si fort qu'il sentit un goût de métal dans sa bouche. Un jour, il réduirait Claudio en cendres.

— Tu n'as rien à craindre, maman.

— J'ai tout à craindre, au contraire. S'il t'arrivait quelque chose, je ne le supporterais pas.

L'anxiété, dans sa voix, ébranla Matteo. Après ce qu'ils avaient traversé, comment s'en étonner ? Le simple fait de pouvoir prononcer le nom de Claudio indiquait le chemin qu'ils avaient tous les deux parcouru. Cet homme avait été le meilleur ami de son père, son fidèle associé, presque un membre de la famille. Puis il les avait trahis sans la moindre hésitation. Ils avaient dû continuer à mettre un pied devant l'autre, assommés, dans l'espoir de sauver la Banca Casa di Rossini, la banque vieille de deux cents ans prisée des plus grandes fortunes.

— Il n'arrivera rien, si ce n'est que nous allons retrouver notre splendeur passée. Quand bien même tous les clients d'Arturo ne resteraient pas avec nous, nous surclasserons Claudio. C'est tout ce qui compte, n'est-ce pas ?

L'avion entra au même instant dans une zone de turbulences, et Matteo étudia les nuages gris qui recouvraient la campagne italienne. Aucune tempête ne parviendrait à gâcher son bonheur, songea-t-il, pas avec l'arc-en-ciel qui se profilait à l'horizon.

— Et le nom de notre banque ? s'enquit sa mère. Il va falloir le changer. Tu y as pensé ?

— Bien sûr. BAR. Banca Arturo Rossini. Qu'en penses-tu ?

— Oh ! Matty...

L'idée ne plaisait guère à Oral, et il la comprenait. Leur nom était connu, ancien, respecté dans le monde entier. Mais il fallait savoir aller de l'avant. C'était ça ou mourir.

— Ce n'est pas ce que j'aurais voulu, murmura-t-elle. Bien sûr, je ne vois pas comment faire autrement... Tu penses vraiment que nous avons une chance ?

Matteo leva les yeux lorsque l'hôtesse le dépassa. Le satin de sa robe bruissait à chacun de ses pas, et il ne put s'empêcher d'admirer de nouveau ses jambes fuselées. Elles lui donnaient envie de découvrir si ses cuisses, sous le tissu écarlate, étaient à l'avenant.

— Matty ?

— Bien sûr que nous avons une chance, répondit-il après s'être éclairci la gorge. Aucune autre banque privée n'a notre réputation. Celle de Claudio est devenue une usine. Il n'y est plus question de relation privilégiée avec les clients. Tout ce qui compte pour lui, c'est de faire de l'argent, toujours davantage. Nous sommes uniques.

— Espérons qu'Arturo s'en rendra compte.

— Le fait que nous ne soyons pas cotés en Bourse sera un plus, à ses yeux. Quelle que soit l'offre de Claudio, nous aurons toujours cet avantage. Tiens, je suis tellement sûr de moi que je te parie qu'il nous invitera chez lui quand nous le verrons à la régate du Cordon d'Or.

Pour la seconde fois, il fut interrompu par l'hôtesse – elle venait de déposer un verre d'eau devant lui. Ses doigts étaient fins, ses bras nus et graciles. Elle lui adressa un sourire angélique, puis repartit vers le fond de l'appareil. Il la suivit des yeux, une erreur qu'il regretta aussitôt. Sa démarche chaloupée, son port altier et son cou de cygne lui donnaient un début d'érection malvenu.

Mais il était trop occupé pour s'autoriser ce genre de distraction. À quoi jouait donc David ?

— Il faudra davantage qu'une affection mutuelle pour convaincre le vieux renard, observa Oral Rossini. C'est un homme attaché à l'honneur, aux traditions. Tu as donc intérêt à offrir une image sans tache. Encore un scandale comme le dernier et Arturo remontera le pont-levis avant même que tu puisses l'approcher.

Matteo retint une grimace au souvenir de l'affaire en question. Elle tombait au plus mauvais moment. Il n'avait jamais eu le moindre problème avec la presse jusqu'à ce que sa dernière conquête, Lady Faye, se mette en tête de salir sa réputation. Il était maintenant le « bourreau des cœurs de la City », un séducteur compulsif qui laissait derrière lui un sillage de femmes éplorées.

Bien entendu, c'était faux. Il ne promettait jamais rien à ses maîtresses, pour la simple et bonne raison qu'il avait la phobie du long terme. Il était marié à son travail et n'avait pas besoin d'une autre responsabilité. De toute façon, il n'aimerait jamais une femme comme il avait aimé Sophie...

— Il n'y aura plus scandales, promit-il. Tu peux me faire confiance.

— Tu aurais dû laisser David s'occuper de cette histoire, le tança sa mère. Il aurait pu limiter la casse.

— Je refuse de me défendre contre des accusations infondées. Faye n'était pas bien dans sa tête, elle s'est imaginé des choses. Je ne lui ai jamais rien promis. Si elle n'avait pas été liée, de loin, à la famille royale, personne n'aurait fait attention à ses délires. L'affaire se tassera d'elle-même. Si je m'exprime, je ne ferai que jeter de l'huile sur le feu.

— Ton refus de parler laisse penser que tu es coupable. Et je déteste ça, d'autant que je te connais. Tu n'es pas tel qu'on te décrit.

— Fais comme moi, alors : arrête de lire les journaux.

Il savait que sa mère ne suivrait pas ses conseils. Elle se faisait trop de souci pour lui, pour la banque, pour le monde entier. Elle n'avait pas sa carapace.

— Désolé, maman, je ne peux pas remonter le temps. La presse finira par s'intéresser aux histoires de cœur de quelqu'un d'autre.

Tandis qu'il parlait, la femme en rouge avait entrepris de ranger des draps dans les coffres à bagages. Ses bras avaient l'élégance des tiges de lys, ses gestes étaient d'une grâce fascinante. Ses cheveux noirs retombaient en une queue-de-cheval impeccable dans son dos. Elle pivota pour lui jeter un regard faussement timide – le genre de regard qu'il connaissait bien, et qui pouvait mener loin.

— Attends une minute, maman...

D'un pas rapide, Matteo se dirigea vers le fond de l'appareil, entra dans la chambre et referma derrière lui avant de reprendre à mi-voix :

— Tu as des nouvelles de David ? Il n'est pas là, il y a une inconnue à sa place. Ça ne lui ressemble pas d'envoyer une intérimaire.

— Ah, tu parles de Ruby ? Qu'en penses-tu ? Elle est charmante, n'est-ce pas ?

Matteo fronça un sourcil, intrigué. Lorsque sa mère employait ce ton, il se méfiait.

— Elle est peut-être charmante, mais j'ai besoin de David. Qu'est-ce qui se passe ?

— Ne t'énerve pas, Matty. Je suis débordée, j'ai donc demandé à David de me donner un coup de main. Personne ne connaît nos affaires mieux que lui.

— Je rêve ! Tu me l'as pris et tu m'as collé une fille sortie de nulle part sur les bras ?

— J'ai personnellement approuvé Ruby, fit valoir sa mère. C'est une fille très intelligente, qui apprend vite. Vous allez très bien vous entendre. Tu récupéreras David lundi.

Matteo hésita – il était sûr que la vieille dame lui cachait quelque chose.

— Tu sais qu'elle est en robe de soirée ? Très élégante, certes, mais un peu étrange pour une hôtesse. Es-tu certaine de m'avoir tout dit ?

— Ah, maintenant que tu le mentionnes...

Et voilà ! Il ne s'était pas trompé...

— Je suis encore au Sénégal, et j'aimerais que tu me représentes à une petite réception ce soir. Tu seras à Londres, ça ne te coûtera rien. Matty, tu es toujours là ?

Matteo fit courir en silence ses doigts sur le bois de la porte, réprimant sa mauvaise humeur. C'en était fini de ses projets pour la soirée.

— C'est pour une organisation caritative. Pour les nécessiteux.

Les nécessiteux, évidemment. C'était la spécialité d'Oral. Pendant que lui s'occupait de la banque, elle se passionnait pour des causes diverses et n'avait pas son pareil pour convaincre leurs clients les plus fortunés de financer ses fondations caritatives. Matteo n'y voyait pas d'inconvénient, sauf quand sa mère oubliait de lui dire qu'elle avait besoin de lui.

— Très bien, je me sens coupable, tu as gagné. J'y serai. De quel genre d'événement s'agit-il ?

— De mécénat, ça te plaira.

— Tant qu'il ne s'agit pas de danse.

— Tu as dit « danse » ? Si, c'est ma troupe préférée, le British Ballet. Ne grogne pas, mon chéri. Tu n'as qu'à faire une apparition sur le tapis rouge et serrer quelques mains après la représentation. Tout est arrangé. Pour te faciliter la tâche, Ruby t'accompagnera. Elle te fera un petit topo, c'est un monde qu'elle connaît sur le bout des doigts. Elle est soliste au British Ballet.

— Soliste au... Que fait-elle dans mon avion, alors ?

— Elle se remet tout juste d'une blessure. Elle a eu une année difficile, la pauvre.

Matteo ouvrit la porte de la cabine pour jeter un coup œil dehors, curieux malgré lui. La belle Ruby s'affairait dans le couloir. Une danseuse... Il comprenait mieux la grâce qu'exprimaient ses mouvements. Sa posture était parfaite, son corps aussi. Mais que faisait-elle, à lui servir de l'eau à sept mille mètres d'altitude ?

— Ne me dis pas que tu l'as prise en pitié et que c'est ta dernière cause en date ? grommela-t-il après avoir repoussé le battant.

— Ruby a souffert, c'est vrai. Mais ce n'est pas une victime. Et tu n'as pas à t'inquiéter, elle ne s'intéresse pas à mon argent. Sa vie, c'est la danse. Je veux juste lui permettre de s'occuper l'esprit pendant qu'elle se remet. Maintenant, si tu préfères la renvoyer...

Matteo leva les yeux au ciel, amusé et irrité par les manières théâtrales de sa mère. Oral Rossini n'avait pas son pareil pour obtenir de lui ce qu'elle voulait. Et si parfois il hésitait, la voix de son défunt père lui soufflait à l'oreille de lui obéir, toujours et en tout.

— Très bien. Mais que cette fille ne se fasse pas des idées.

— À toi de ne pas lui en donner, alors.

— Je ne faisais pas allusion à ça, mais peu importe.

— Désolée, mon chéri. Ton attitude vis-à-vis des femmes me navre, c'est tout. Je sais que tu pourrais être heureux, si seulement tu baissais ta garde... Je reste ta mère, et je souhaite ton bonheur.

— Mon bonheur, c'est le succès de la banque. Rien d'autre ne m'intéresse. Peut-être que ça changera un jour, qui sait. Pour le moment, mon métier me comble.

Voilà, c'était dit. Pertes, profits, actif, passif, noir ou blanc, ces notions tranchées résumaient sa vie. Il n'y avait pas de place pour le gris, l'incertitude, les émotions. Matteo avait hérité du rêve de son père, et il lui incombait désormais de le mener à terme.

2

Départ du vol à 18 heures, atterrissage à 19 h 30, moins une heure de décalage horaire. Cela ne laissait que trente minutes pour arriver au théâtre. S'ils y parvenaient, ce serait un miracle.

Debout au milieu de la cabine, Ruby regarda autour d'elle. À sa droite, le cockpit. À gauche, la porte fermée de la chambre dans laquelle Matteo, le banquier milliardaire, mécène et bourreau des cœurs bien connu, venait de disparaître.

Des taches rouges fleurirent sur la peau claire de ses bras, signe d'un état de stress avancé. Même sa mise en convalescence, après qu'elle s'était déchiré un ligament, ne l'avait pas angoissée autant que sa mission du jour : accompagner Matteo Rossini à la première de *Deux Amours*, et le persuader que le British Ballet valait bien tout l'argent que ses fondations caritatives lui envoyaient.

Ruby se demandait pourquoi une telle responsabilité reposait sur ses épaules. Elle aurait préféré accompagner Oral Rossini en personne, la papesse du mécénat, leur plus fidèle soutien depuis des années.

Jamais cette dernière n'avait manqué une première – jusqu'à ce soir.

Du bout des doigts, Ruby se massa les tempes en une vaine tentative pour se détendre. Elle se rappelait encore le mot que lui avait tendu le directeur de la troupe, une expression réjouie sur son visage rubicond.

Chère Ruby,

Quel plaisir de vous revoir hier !

Je me suis rendu compte que vous étiez la personne idéale pour accompagner mon fils Matteo à la première de vendredi. Il n'est pas grand amateur de danse, mais je suis sûre que vous le ferez changer d'avis. J'ai pris la liberté de vous faire envoyer quelques affaires pour tous les deux.

Matteo sera peut-être un peu bougon mais ne vous en faites pas : sous ses allures de tigre, c'est un vrai chaton.

Ciao !

Oral.

Ruby avait lu et relu le message, puis ouvert les boîtes déposées dans sa loge. Elle y avait trouvé, sous une mousse de papier, la robe rouge qu'elle portait maintenant, accompagnée d'un foulard de soie, d'un sac de soirée et d'une paire d'escarpins. Pour Matteo, un nœud papillon écarlate et une pochette. Dans une enveloppe à part, la rondelette somme de mille livres.

Mille livres ! Comment refuser une telle offre ? Même si elle détestait les mondanités, même si elle se moquait de savoir qui était riche ou qui était célèbre, elle s'était sentie fléchir. Le directeur de la troupe avait enfoncé le clou.

« Vous êtes la personne idéale, Ruby. N'importe qui d'autre risquerait de se laisser impressionner, mais je sais que ce ne sera pas votre cas. Oral Rossini ne vous a pas choisie pour rien. Personne ne connaît notre institution comme vous. »

Il avait raison sur ce point – elle faisait partie du Ballet depuis l'âge de onze ans. C'était son foyer, sa famille, le seul endroit où elle s'était jamais sentie à son aise. Ses collègues et amis avaient une existence en dehors de la danse, elle non. Aux soirées, on prenait d'ailleurs soin de ne pas l'interroger sur sa vie privée. Qu'aurait-elle eu à en dire ? Son histoire était un ramassis de clichés : un père absent, une mère tombée enceinte à dix-huit ans et incapable de s'occuper d'elle. Ruby, depuis l'âge de onze ans, ne vivait que pour la danse.

— Bonjour, je suis Matteo. Enchanté de faire votre connaissance.

Ruby sursauta au son de la voix grave, derrière elle, et manqua lâcher le sac de noix qu'elle s'apprêtait à ouvrir.

Respire, souris, retourne-toi.

— Enchantée. Je m'appelle Ruby.

Elle devait reconnaître que l'Italien était plus séduisant encore de près – et plus grand qu'elle ne l'avait imaginé. Sa cravate, desserrée au col, tombait telle une corde sur le mur de son torse. Sa mâchoire était forte, son nez légèrement dévié surmontait des lèvres ourlées, sensuelles et cruelles à la fois. Deux yeux d'un brun de café l'étudiaient sous des sourcils froncés. Avec les cheveux qui retombaient sur son col, il évoquait davantage un poète coincé dans un corps de boxeur qu'un banquier.

— Tout va bien ? Reprit-il dans le silence qui s'ensuivit.

Les yeux ne la quittaient pas, la balayaient comme un vent chaud, remontaient de ses jambes à son visage. Ruby vacilla et dut prendre appui sur un dossier, étourdie. Elle n'aurait su dire si la faiblesse qui venait de la saisir était due à l'altitude ou à l'aura presque agressive de cet homme combinée à l'étroitesse de la cabine.

— T-Très bien, oui. Je m'apprêtais à vous servir un autre verre et de quoi grignoter.

— Je n'ai besoin de rien, merci. Je viens d'apprendre que j'allais au British Ballet, ce soir ?

Ruby, qui se trouvait là en territoire familier, recouvra enfin ses esprits.

— C'est exact. Voir *Deux Amours*. Nous sommes tous très excités. C'est un spectacle magnifique.

De fait, elle aurait tout donné pour faire partie de la distribution. Mais danser sur sa blessure était imprudent. Entre deux séances de kiné, elle en était donc réduite à donner des cours aux petits rats de l'opéra. Et à jouer les hôtesses de l'air pour un playboy notoire.

— Je suppose que vous avez tout préparé ? s'enquit son compagnon. Vous pouvez me parler des gens que nous allons rencontrer, et me dire quelques mots sur chacun ?

Il se déplaça dans la cabine mais Ruby resta immobile,

se demandant ce qu'elle était censée faire. Le suivre ? Le rassurer ? Disparaître ?

L'Italien se laissa tomber dans un fauteuil, puis alluma la télévision murale sur un match de rugby silencieux qu'il suivit du coin de l'œil.

— J'ai des projets pour ce soir, j'aimerais donc en avoir fini à 10 heures, déclara-t-il. Si nous commencions maintenant ?

D'une main, il indiqua le siège de cuir qui faisait face au sien de l'autre côté d'une table en loupe de bois. Elle y prit place à contrecœur, très droite, genoux serrés.

— Bon. Juste pour être sûr que j'ai bien compris. Vous dansez dans cette troupe. Mais ce soir, vous vous êtes « portée volontaire » pour m'accompagner.

— En gros, oui, répondit-elle, ignorant les guillemets qu'il avait dessinés en l'air.

— Quelle est votre histoire ? Pourquoi vous ? demanda-t-il, joignant les mains sous son menton.

— Mon histoire ? Il n'y a pas grand-chose à dire. Je suis entrée au BB à onze ans.

Elle s'interrompit en constatant qu'elle passait un entretien d'embauche pour un poste qui ne l'intéressait pas, puis se força à reprendre :

— Comme je ne danse pas ce soir, j'étais toute trouvée.

— Le BB, c'est le British Ballet ?

Ruby retint un sourire moqueur et hocha la tête.

— Oui. La troupe a été fondée il y a cinquante ans. J'ai grimpé les échelons un à un. Je suis entrée à l'école, puis j'ai intégré le corps de ballet et je suis devenue soliste. J'espère passer danseuse étoile un jour.

— D'accord, voilà pour le côté artistique des choses.

Mais à ce niveau-là, je suppose qu'il y a pas mal de politique en jeu, sans parler des ego à préserver. Que dois-je savoir pour ne froisser personne ?

Ruby le fixa, horrifiée – où étaient donc ses notes ? Elle avait couvert plusieurs pages de détails importants, puis les avait numérotées, classées... Bon sang, qu'en avait-elle fait ?

Comme s'il avait senti son trouble, l'Italien plissa les paupières.

— Vous avez préparé un topo, n'est-ce pas ? Vous devez savoir que je n'aime pas l'improvisation.

Moi non plus, faillit-elle répondre, *raison pour laquelle j'ai potassé ce sujet d'un ennui mortel.* Mais elle ne pouvait pas se permettre de vexer un tel mécène, et elle ravala sa colère. Le Ballet dépendait des dons généreux de la famille Rossini. Ses propres études avaient été payées grâce à une bourse accordée par Oral.

— Vous pouvez compter sur moi. Je ne veux pas décevoir votre mère.

Où étaient ces fichues notes, bon sang ? Dans son sac ? Les avait-elle oubliées dans le métro ?

Tête renversée en arrière, l'homme d'affaires la dévisageait à présent avec curiosité. Ruby se demanda, non sans inquiétude, s'il pouvait lire dans ses pensées.

— Puisque nous parlons de ma mère... Depuis combien de temps la connaissez-vous ? Elle semble s'être prise d'affection pour vous.

— Vraiment ?

Elle était sûre d'avoir eu les notes avant de monter en voiture. Presque sûre, en tout cas.

— Oui. Vous ne seriez pas la première personne à

vouloir être amie avec elle. Mon adorable, généreuse mère.

Mais de quoi parlait-il ? S'imaginait-il vraiment qu'elle voulait faire amie-amie avec Oral Rossini ? Qu'elle était là, coincée dans ce fichu avion, pour le plaisir ?

— Vous vous méprenez. Je suis ici parce qu'on me l'a demandé.

Elle s'interrompit, consciente au froncement de sourcils du milliardaire qu'elle était allée trop loin.

— *Parce qu'on vous l'a demandé ?* répéta-t-il d'un ton vaguement comminatoire.

Ruby haussa les épaules – mieux valait se taire que d'aggraver la situation. Matteo Rossini continua de l'étudier, les doigts joints devant ses lèvres. Sous la manchette de sa chemise à fines rayures, elle aperçut l'éclat d'une montre de platine. Elle y fixa son regard, se concentrant sur son poignet plutôt que son visage.

— Vous avez tiré à la courte-paille parmi les membres de la troupe, et c'est vous qui avez perdu ? C'est ça ?

Se moquait-il d'elle ? Ruby n'eut d'autre choix que de risquer un coup d'œil dans sa direction. Oui, il plaisantait, à en juger par l'ombre du sourire qui flottait sur ses lèvres.

— Je préférerais danser, c'est tout.

— Je comprends, répondit Matteo, soudain grave. Je le comprends très bien.

Le silence retomba, de plus en plus inconfortable. L'Italien croisa les jambes et Ruby, malgré elle, étudia les cuisses qui tendaient le tissu sombre de son costume. Il était athlétique, mais pas à la manière d'un danseur. Matteo était plus puissant, plus massif, tout en restant mince. Elle était sûre qu'il pourrait sans effort la soulever, la faire tourner au-dessus de sa tête, la reposer et...

— Vous êtes toujours avec moi, Ruby ?

Elle cligna des yeux, mortifiée par la tournure de ses pensées.

— Désolée. Je... Revenons-en à notre sujet. La représentation de ce soir. Vous voulez que je vous résume l'argument ?

Impassible, son compagnon acquiesça.

— Je vous écoute.

Sourcils froncés, Ruby fit de son mieux pour se remémorer les détails importants. Elle connaissait les pas de danse par cœur, mais ce n'était pas ce qu'il voulait savoir. Noms, fonctions, biographies, voilà les informations qui l'intéressaient. Tout était dans les notes qu'elle avait oubliées sur la table de sa cuisine, à huit cents kilomètres de là.

— *Deux Amours* est l'adaptation d'un poème.

— Un poème ? Vous n'avez rien de plus spécifique ?

Si, elle avait mille précisions. Elle se rappelait les avoir notées et les avoir apprises par cœur. Mais maintenant qu'il s'agissait de les ressortir de sa mémoire, la tâche était plus ardue qu'elle ne l'avait cru. L'exercice lui rappelait pourquoi elle avait choisi la danse, le seul domaine dans lequel elle excellait.

— Il est... très ancien, bredouilla-t-elle.

Son compagnon la dévisagea, un sourcil en accent circonflexe.

— Qu'appelez-vous « ancien » ? Un mois ? Un an ? Un siècle ?

— Plusieurs siècles, répondit-elle sans hésiter,

se remémorant une gravure du poète que leur avait montrée le chorégraphe. Et l'auteur est persan. Oui, ça me revient. Il s'appelle Rûmi.

— Ah, Rûmi. « *Les amants ne se rencontrent nulle part, ils sont l'un dans l'autre, toujours…* » Ce genre de balivernes.

— Eh bien, disons que ces « balivernes » forment l'argument du ballet.

— C'est noté. Mais puisqu'il est assez peu probable que j'aie à saluer le poète Rûmi ce soir, si vous me parliez des vivants ? Il devrait y avoir une liste de personnalités à remercier.

— C'est exact, répondit-elle avec aplomb. Tout est dans mes notes.

— Parfait, fit l'Italien, tirant sur sa manche pour regarder sa montre. Nous atterrissons dans une demi-heure. Allez donc chercher vos notes. Pendant ce temps-là, je vais me doucher et enfiler mon smoking. Je pense que vous serez d'accord avec moi sur un point : plus tôt nous en finirons avec cette corvée, mieux nous nous porterons.

3

Matteo Rossini qui renonçait à une soirée dans un bar avec ses amis ? Pour se rendre à l'opéra ? Voir un ballet ? C'était une blague ?

Il entendit, au bout du fil, un chœur masculin s'esclaffer sur fond de verres qui s'entrechoquaient. Il raccrocha, irrité – au moins, quelqu'un trouvait la situation amusante. Puis il tira son smoking de l'armoire et l'étala sur le lit.

Matteo s'était réjoui à l'idée de passer cette soirée avec ses amis. Quelle meilleure occasion de se détendre un peu après le cirque médiatique dans lequel Faye l'avait entraîné ? Peut-être, si le ballet ne s'éternisait pas, pourrait-il encore rejoindre les autres…

Il passa une serviette entre ses omoplates, un demi-sourire aux lèvres. L'honnêteté le forçait à reconnaître qu'il n'était plus aussi déprimé à l'idée de se rendre à un spectacle de danse. Ce regain de bonne humeur n'était pas dû à un soudain désir de voir des adultes en collant bondir sur une scène. Non, le charme de la soirée tenait tout entier dans une robe rouge.

Sa méfiance initiale à l'égard de la jeune femme s'était dissipée. Les profiteurs et les sangsues qu'il rencontrait habituellement se montraient obséquieux, mais pas elle. Si Ruby avait des vues sur la fortune de sa mère, elle le cachait bien.

Il venait de boutonner son pantalon lorsque l'on frappa à la porte. Deux petits coups discrets mais déterminés, qui annonçaient une visite professionnelle. Il ouvrit, sourire aux lèvres, tout en enfilant sa chemise.

— Que puis-je faire pour vous ? demanda-t-il à son hôtesse d'un soir.

Ruby fixa des yeux ronds sur son torse nu, la bouche arrondie par la surprise. Réprimant un éclat de rire, il se détourna pour la mettre à l'aise et entreprit de boutonner sa chemise.

— Je suis désolée de vous déranger, marmonna-t-elle, mais j'étais censée vous donner ces affaires.

Elle lui tendit un petit paquet, les yeux baissés, avant d'ajouter :

— De la part de votre mère.

— Vous voulez bien l'ouvrir pour moi ? s'enquit Matteo tout en récupérant ses boutons de manchette sur une table.

Ruby hésita visiblement, lui décocha un regard presque craintif, puis tira sur le ruban du paquet. Ce dernier contenait un nœud papillon rouge, ainsi qu'une pochette de soie.

— Vous êtes sûre que tout va bien ?

— Oui, pourquoi ?

— Vous me dévisagez d'un drôle d'air.

— Parce que je me demande pourquoi vous vous embêtez à mettre ces trucs.

Matteo se figea, col relevé, et étudia la jeune femme avec étonnement.

— Pardon ?

— Vos boutons de manchette. Qui en met encore, au XXIe siècle ?

— On vous a déjà dit que vous n'aviez pas la langue dans votre poche ?

— Je dis ce que je pense, c'est tout. Je ne voulais pas vous vexer.

— Une belle chemise mérite des boutons de manchette. La solution de facilité n'est pas toujours la meilleure, dans la vie.

Matteo la vit se mordre la lèvre, et reprit en riant :

— Puisque ma réponse ne semble pas vous satisfaire, j'ajoute que ces boutons sont un cadeau d'une ancienne petite amie. Ils ont une valeur sentimentale.

— Oh. Je comprends.

— Vous voyez, je ne suis pas le monstre insensible que décrit une certaine presse.

— Non, répondit-elle. Bien sûr...

Ruby n'avait pu empêcher une note dubitative de percer dans sa voix. Matteo fit la grimace, puis entreprit d'attacher son nœud papillon. À quoi s'était-il attendu, après tout ? Les articles ne l'avaient pas épargné. On le disait sans cœur, incapable de ressentir la moindre émotion. Peut-être était-ce vrai, mais il n'en avait pas toujours été ainsi. Il avait été sincèrement amoureux, autrefois.

Une expression troublée passa sur son visage. Sophie et lui avaient été le couple le plus populaire de l'université. Elle – blonde, sensuelle, brillante. Lui – la star montante de l'équipe de rugby. Jamais il n'avait été si heureux. Le monde s'offrait à lui, il avait été à deux doigts d'obtenir son diplôme en ingénierie du sport et il se préparait à jouer en équipe nationale. Choisirait-il la France ou l'Italie ? Quand demanderait-il Sophie en mariage ? Où s'établiraient-ils ?

Voilà quelles étaient ses préoccupations, à l'époque. Jusqu'à la nuit où il avait appris la mort de son père. Le monde s'était écroulé et Matteo avait eu l'impression d'être catapulté dans un vide immense. Son père avait toujours été là, un roc, un phare dans la nuit, inébranlable. Même le départ de Claudio avec la moitié de leurs clients n'avait pas suffi à l'abattre.

Sa mère s'était montrée inconsolable. Aujourd'hui encore, le souvenir de sa douleur suffisait à lui nouer l'estomac. Toutes affaires cessantes, il était rentré s'occuper d'elle et de l'entreprise familiale. Mais, même au cœur de sa détresse, il avait su pouvoir compter sur Sophie. Au sein des ténèbres, une petite lueur continuait de brûler. Elle le guidait et le consolait.

C'était pour la rejoindre plus vite, pour se réchauffer à leur amour qu'un soir il avait atterri sur un petit aéroport au nord de l'université et pris un taxi. Le voyage prenait deux heures et il était arrivé sur la côte venteuse de St. Andrews au petit jour. Sophie, il le savait, allait bientôt se lever. Peut-être aurait-il le temps de se glisser dans son lit et d'oublier sa souffrance entre ses bras...

Combien de fois avait-il revécu ces moments depuis ? Le crissement du gravier sous ses pas, le rose de l'aube sur les façades, la blancheur du givre qui recouvrait les murets... Le cliquetis froid et métallique de la clé dans la serrure, les lampes encore allumées dans l'entrée, la télévision aussi, les verres sur la table...

Il s'était retourné, tel un automate, au son de la douche. Il avait alors vu le spectacle qu'il s'efforçait, aujourd'hui encore, d'oublier. Sophie, la femme qu'il aimait, nue et trempée, ses jambes nouées autour de la taille d'un autre homme. L'homme en question n'était autre que l'entraîneur de l'équipe nationale, venu en Écosse lui proposer de jouer pour son pays.

Lui, sans cœur ? Bien sûr, plutôt deux fois qu'une. Il avait de bonnes raisons.

— La plupart des gens ne croient pas ce qu'ils lisent, vous savez.

Matteo cligna des yeux, se concentrant sur la voix qui venait de l'arracher à sa rêverie. Ruby le dévisageait d'un air qui ressemblait fort à de la sollicitude. Si elle s'inquiétait pour lui, elle perdait son temps.

— Ne vous en faites pas pour moi, déclara-t-il. Je suis un grand garçon. La presse peut raconter ce qu'elle veut sur mon compte, leurs ragots me glissent dessus comme de l'eau sur les plumes d'un canard.

Il adressa un clin d'œil à la jeune femme, sourit et fit un pas vers elle. Il vit ses pupilles se dilater, une réaction qu'il connaissait bien - celle des femmes qu'il s'apprêtait à embrasser.

N'était-ce pas, après tout, la meilleure façon d'entamer cette soirée avec la délicieuse Ruby ? Sa peau d'ivoire, ses cheveux soyeux, ses lèvres pulpeuses... N'avait-il pas envie d'elle depuis l'instant où il avait posé les yeux sur elle ? N'était-elle pas tout aussi tentée que lui ? Le tiraillement, dans son pantalon, lui indiquait de façon très claire la conduite à tenir. Puisque le destin en avait décidé ainsi...

— Votre mère doit souffrir de lire toutes ces horreurs sur votre compte, fit observer Ruby, tournant la tête au moment même où il se penchait vers elle.

De justesse, il transforma le mouvement qu'il avait amorcé en un pas vers la salle de bains qu'il espérait naturel. La belle hôtesse lui avait opposé une fin de non-recevoir, une réaction pour le moins inattendue.

— Ce que ressent ma mère ne regarde personne, s'entendit-il répondre.

Ruby s'empourpra, à ces mots, et il regretta cette rebuffade. Il s'était montré trop dur avec elle. Ruby n'était pas du genre à colporter des ragots. Elle s'intéressait à lui par pure gentillesse. De plus, elle avait raison. Sa mère avait été blessée par certains articles, et il ne pouvait s'en prendre qu'à lui-même.

Il esquissa un geste vers la jeune femme, mais elle se détourna en marmonnant une excuse et regagna la cabine. Il la regarda s'éloigner en silence, hypnotisé par le frou-frou de sa robe de satin.

Une secousse parcourut soudain l'appareil - ils venaient d'entrer dans une zone de turbulences. Matteo vit la jeune femme trébucher et prendre appui contre un fauteuil, les lèvres pincées en une ligne blanche. Il était évident qu'elle souffrait, même si elle n'émit pas la moindre protestation. Sans réfléchir, il la rejoignit.

— Ça va ?

— Très bien, merci, répondit Ruby avec un sourire livide.

Elle voulut s'éloigner, mais il la retint par le bras.

— Attendez. Je vous ai vue trébucher. C'est votre blessure ? Vous êtes sûre que tout va bien ?

La jeune femme leva un sourcil parfaitement dessiné, le dévisageant de l'air de dire « Qu'est-ce que ça peut bien vous faire ? »

— Oui, j'en suis sûre. Je vais juste m'asseoir quelques instants, si vous n'y voyez pas d'inconvénient.

Joignant le geste à la parole, elle s'installa sur le siège le plus proche et redressa le dos. Son sourire réapparut, comme actionné par un interrupteur. Matteo connaissait bien cette expression, celle de la douleur qu'on réprimait. Chacun avait un masque différent.

Avec un soupir, il prit place face à elle. Ruby serra les genoux et se raidit plus encore, une réaction de rejet aussi tacite qu'explicite. *Pas touche.*

— Quel est le problème ? Genou ? demanda-t-il. Hanche ?

— Ce n'est rien. C'est presque guéri.

— Que s'est-il passé ?

— Une simple chute.

— Pas si simple que ça, si elle a mis six mois à guérir.

Ruby souriait toujours, mais ses yeux lançaient des éclairs et indiquaient clairement qu'elle ne souhaitait pas poursuivre la discussion.

— Vous savez, reprit Matteo comme elle ne répondait rien, j'ai eu mon lot de blessures, moi aussi. J'ai joué au rugby pendant des années. Je sais que c'est difficile à croire, grâce à mon physique de bellâtre, mais j'ai joué troisième ligne côté fermé, quand j'étais à St. Andrews.

D'un doigt, il tapota l'arête légèrement déviée de

son nez. Par chance, il avait évité les blessures les plus graves, mais il ne comptait plus le nombre de fêlures et de déchirures qu'il avait subies.

— Troisième ligne côté fermé ? Je ne savais pas que vous parliez chinois.

— J'étais sur le point d'être sélectionné en équipe nationale, lui apprit-il, ravi de constater qu'elle retrouvait sa combativité.

Ruby se redressa dans son siège, sourcils froncés. Il l'avait prise de court, c'était évident.

— En équipe nationale ? Vraiment ? Et que s'est-il passé ?

— C'est une longue histoire. Peu importe. Alors, cette blessure ?

— C'est compliqué.

— J'ai fait du sport à haut niveau, Ruby. Je connais le corps humain et les sollicitations extrêmes de la danse. Ce n'est peut-être pas ma discipline favorite, mais je respecte ce que vous faites.

Elle ne répondit pas aussitôt, hésitant visiblement sur la conduite à tenir. Son sourire avait disparu, mais sa posture rigide indiquait qu'elle était encore sur ses gardes.

— Vous savez, je ne suis pas né dans un costume trois-pièces. J'avais une vie avant de devenir banquier. Donnez-moi un ballon de rugby et je vous montrerai ce que je sais faire.

— Pourquoi n'avez-vous pas suivi votre rêve, si vous aimiez tant le sport ?

— Donnant-donnant. Parlez-moi d'abord de votre blessure.

— Ligaments croisés, déclara Ruby après quelques secondes de réflexion.

— Antérieur ? Postérieur ?

— Antérieur. J'ai dû être opérée. Deux fois.

— Je compatis. Vous devriez faire attention. C'est suffisant pour mettre un terme à votre carrière.

— J'en suis consciente.

— J'imagine, oui. L'un des joueurs de mon équipe a dû tout arrêter à cause de ça. Dommage, c'était un type prometteur. Je ne sais pas ce qu'il fait aujourd'hui. C'était quasiment son seul talent et je ne suis pas certain qu'il avait un plan B...

Le visage de Ruby s'affaissa, à ces mots, et sa lèvre inférieure se mit à trembler. Matteo se morigéna aussitôt pour sa maladresse.

— Je suis désolé. Ce n'est évidemment pas ce que vous voulez entendre. La danse, c'est toute votre vie, n'est-ce pas ? Croyez-moi, je comprends.

— Comment pouvez-vous comprendre ? Tant que ça ne vous est pas arrivé...

Ruby s'interrompit et tourna la tête pour étudier, par-delà le hublot, les lumières de Londres qui scintillaient dans la nuit.

— Le rugby était toute ma vie, murmura Matteo, tentant de réparer sa maladresse. Banquier, à mes yeux, c'était le métier de mon père. Puis il est mort brutalement, et ma vie a changé du tout au tout.

Il regarda autour de lui, le cœur serré. L'intérieur du jet, les coupes de cristal sur la table, l'écran de télévision : tout attestait de son succès. Il savait qu'il n'avait pas le droit de se plaindre.

— Ce n'est pas tout à fait la même chose, répondit

Ruby d'un ton qui lui serra le cœur. Vous aviez un plan B, même si vous ne l'avez pas choisi. Moi, je n'ai rien. Toute ma vie, je me suis préparée à devenir danseuse étoile. Je ne sais pas quoi faire d'autre. Une chose est sûre : je ferais une bien piètre hôtesse de l'air.

Avec une grimace, elle tira sur les pans de sa robe. Matteo se surprit à songer, bien malgré lui, qu'il serait facile de succomber à une femme semblable. Elle était forte et vulnérable à la fois, un mélange explosif. Mais il savait que s'il cédait à ses instincts, il ne tarderait pas à le regretter. Ce serait comme de plonger dans une rivière en apparence tranquille, pour découvrir ensuite de dangereux courants sous-marins. Mieux valait se tenir à distance prudente, surtout d'une femme aussi belle que Ruby. Il aurait beau tout faire pour être clair et ne rien promettre, il savait qu'elle finirait, comme les autres, par lui en demander davantage.

Non, il ne finirait pas brisé une seconde fois sur l'écueil d'une histoire d'amour. Le secret, avec les femmes, c'était de ne jamais s'engager. De ne jamais penser à l'avenir et de vivre dans l'instant présent.

D'un doigt, il souleva le menton de Ruby.

— Je ne vous connais pas comme danseuse, mais vous êtes une excellente hôtesse de l'air, déclara-t-il avec douceur.

Elle secoua aussitôt la tête, son regard de biche posé sur lui.

— Non. Je suis une catastrophe ambulante. J'ai laissé toutes mes notes sur la table de ma cuisine. J'avais passé des heures à les préparer, parce que je n'ai pas une très bonne mémoire, à part pour les pas de danse… Et comme je n'ai pas dansé depuis des mois, j'ai peut-être même oublié comment faire ça…

— Une chose à la fois, d'accord ? Nous savons déjà que nous allons voir un ballet tiré d'un poème de Rûmi. C'est un auteur que j'ai aimé autrefois, quand j'étais jeune et naïf. Peut-être qu'après ce soir, je changerai de nouveau d'avis sur son compte.

— Vous n'êtes pas fâché, alors ? Vraiment ? Je ne voudrais pas gâcher votre soirée. Mais si je peux vous assurer d'une chose, c'est que vous allez adorer ce ballet. Il est magnifique.

Ruby ponctua sa promesse d'un sourire – se rendait-elle compte de la puissance de cette arme ? Elle affirmait n'être bonne à rien à part danser, mais Matteo était prêt à parier qu'elle était capable de rallier quelqu'un à sa cause d'un seul sourire. C'était un atout non négligeable, dans le monde des affaires.

L'avion atterrit enfin, puis roula jusqu'au bout de la piste. C'était sans doute sa dernière soirée libre avant longtemps. Et, même si elle avait pris une tournure inattendue, ou peut-être à cause de cela, il résolut d'en profiter.

4

Surprise ! Matteo Rossini n'était pas le monstre que tout le monde décrivait. Il aurait pu reprocher à Ruby l'oubli de ses notes, il n'en avait rien fait. Il s'était même montré particulièrement tolérant.

Contrairement à ce qu'elle avait cru, Matteo n'était pas juste un banquier ennuyeux. Il était élégant, intelligent, terriblement séduisant. Pour la dixième fois depuis qu'ils étaient montés dans la limousine, Ruby baissa les yeux vers le pantalon noir qui moulait ses cuisses. Elle avait redouté de devoir passer la soirée avec une version beaucoup moins aimable d'Oral Rossini – elle comprenait qu'elle s'était trompée.

L'homme était plein de contradictions, et elle renonça à les démêler quand la limousine s'arrêta devant les marches de l'opéra. Le moment était venu. Matteo se tourna vers elle, puis lui adressa un clin d'œil avant de descendre. À son tour, Ruby mit pied à terre, avec l'étrange impression de monter sur scène. Elle se rappela de sourire pour les photographes, rejoignit Matteo et accepta le bras qu'il lui offrait. Ils montèrent les marches sous le crépitement des flashs. Jusqu'ici, songea-t-elle, elle s'en tirait plutôt pas mal.

Une excitation palpable régnait dans la salle. De nombreuses têtes se levèrent lorsqu'ils entrèrent dans la loge privée des Rossini mais Ruby continua de regarder droit devant elle, indifférente aux regards curieux braqués sur elle. Lorsqu'elle voulut prendre place derrière Matteo, il l'arrêta et, d'un geste gracieux, lui fit signe de s'asseoir près de lui. Comme les lumières s'éteignaient, il se pencha vers elle pour murmurer :

— J'espère que le spectacle sera aussi bon que ce que vous m'avez vendu.

— Si ce n'est pas le cas, vous pourrez toujours exiger qu'on vous rembourse toute l'aide que vous avez versée à la troupe.

La musique commença, une note soutenue sur laquelle se posa bientôt une voix de femme dont les modulations traversèrent le silence du théâtre. Le regard de Matteo se posa sur Ruby, flamboyant dans la semi-obscurité.

— Ou alors, je demanderai un autre genre de dédommagement...

Ses yeux coururent sur ses épaules nues et son décolleté avant d'atterrir sur ses lèvres. Ruby blêmit, horrifiée par le brasier liquide qui venait de s'allumer au creux de son être. C'était une réaction primaire, instinctive, d'une violence qui la dérouta. Qu'un homme pût produire un tel effet sur elle avait quelque chose d'inquiétant.

Elle se cala dans son siège, son attention braquée sur la scène. Elle ne vit pas pour autant les danseurs qui venaient d'apparaître. Elle savait qu'ils étaient là, bien sûr, elle percevait leurs poses, la beauté de leurs costumes et l'élégance de leurs pas, mais son esprit était presque tout entier occupé à analyser les sensations qui se déployaient en elle.

— Ça vous plaît ? demanda son compagnon.

Oui, voulut-elle répondre. Pour la première fois depuis des mois, elle se sentait revivre. La danse, l'opéra, la foule, l'électrisaient. Tout comme, malgré le danger qu'il représentait, la présence de cet homme à ses côtés.

— Je préférerais être avec eux sur scène, murmura-t-elle, doutant pour la première fois de la véracité de cette affirmation.

— J'adorerais vous voir danser.

De nouveau, il s'était penché pour lui parler à l'oreille. Son souffle brûlant, au creux de son cou, électrisa les nerfs de Ruby plus sûrement que le spectacle qui se déroulait sous ses yeux.

— Je suis sûr que vous êtes très talentueuse... Peut-être un jour.

L'espace d'un instant, Ruby crut qu'il allait la toucher. La main de Matteo flottait au-dessus de son genou, mais il la ramena vers lui après une infime hésitation. Elle la fixa longuement, fascinée, avant de remonter vers son visage. Son profil se dessinait, argenté, dans les lumières qui montaient de la scène. Il regardait les danseurs mais une énergie invisible saturait l'espace qui les séparait. Ses seins, sous sa robe, se tendirent presque douloureusement.

Ruby se servait de son corps pour s'exprimer. C'était son langage, son vocabulaire. De la même façon, elle décryptait le comportement des gens à leur posture. Elle était capable de reconnaître de la nervosité ou de l'arrogance à l'inclinaison d'une tête, à la tension d'une nuque. Le langage que Matteo parlait en cet instant était – impossible de s'y tromper – celui du désir.

Elle se pencha vers la scène, le cœur battant. Les danseurs se contorsionnaient, tournoyaient, exprimant leur amour contrarié. L'homme souleva sa partenaire et la laissa couler contre lui, ses mains sur ses cuisses, sa taille, ses côtes, et enfin son visage. Ruby retenait son souffle – elle n'avait pas de mal à les imaginer, Matteo et elle, dans les rôles principaux. Après des années de danse, elle était habituée aux contacts physiques. Mais jamais elle n'avait été aussi troublée qu'en cet instant. Par un homme, pour couronner le tout, qui ne la touchait même pas !

— Alors, qu'en pensez-vous ? demanda-t-elle d'une voix qu'elle reconnut à peine.

— Je suis sous le charme. Je crois que je viens de me trouver une nouvelle passion.

Son visage était impassible, mais sa réponse accentua encore le trouble de Ruby. Elle assista à la dernière scène dans un brouillard, consciente du pied de l'Italien tout contre le sien, de sa main à quelques centimètres de sa cuisse. Au moindre de ses mouvements, elle sursautait.

Enfin, le rideau tomba. Une vague d'applaudissements monta de la salle, ponctuée de vivats et d'un martellement de pieds approbateurs sur le plancher. Ruby resta pour sa part immobile, comme prisonnière d'un sort jeté par son voisin. Elle savait, sans avoir besoin de tourner la tête, qu'il la dévisageait intensément.

— Je suppose que maintenant nous allons rencontrer les danseurs en coulisses ? murmura-t-il. Après quoi...

Il laissa sa phrase en suspens, et Ruby n'eut d'autre choix que de se tourner vers lui. Mais il s'était levé et, sans plus paraître lui prêter attention, applaudissait la troupe qui venait de réapparaître pour un rappel.

Ruby se leva elle aussi – ses jambes tremblaient. Les lumières revinrent dans la salle, le public commença à se disperser. Des agents de sécurité apparurent pour les guider, à travers la foule, jusqu'aux coulisses.

Les membres de la troupe les attendaient, alignés, dans cette adrénaline d'après-représentation qu'elle connaissait bien. Les yeux brillaient malgré les corps rompus par l'effort. Ruby était presque aussi excitée que les artistes qu'elle présenta un par un à Matteo. Du coin de l'œil, elle vit ses collègues la dévisager avec curiosité. Il n'était pas difficile d'imaginer ce qu'ils se demandaient. *Mais que fait la sage Ruby avec notre plus grand mécène ?*

On lui fourra une coupe de champagne dans la main. Matteo lui adressa un regard qui semblait dire « Désolé pour ce contretemps » et, côte à côte, ils se lancèrent dans d'interminables mondanités. L'Italien se penchait vers elle à intervalles réguliers, signe qu'il avait besoin d'un nom, d'une information sur une personne qu'il s'apprêtait à saluer. Il semblait parfois s'attarder dans cette position, presque tête contre tête avec elle, juste pour le plaisir.

— Attention à vous, dit-il soudain.

D'un bras puissant, il l'attira à lui. Ruby hoqueta – allait-il l'embrasser, là, devant tout le monde ? – avant de s'apercevoir qu'elle se tenait sur le trajet d'un serveur qui apportait des plats chauds. Ce dernier passé, elle se détacha de Matteo avec un rire nerveux.

Une sensation brûlante lui cuisait les joues. Elle avait l'impression d'être un peu ivre, vaguement étourdie, alors qu'elle avait à peine touché à son champagne.

— Qui est la femme en vert qui s'avance vers nous d'un pas décidé, en compagnie du directeur de la troupe ?

Ruby se tourna vers la personne que Matteo indiquait, mortifiée. Elle manquait à tous ses devoirs. Et dire qu'elle avait été choisie pour ce rôle parce qu'elle était censée avoir la tête sur les épaules !

— Dame Cicely Bartlett, déclara-t-elle, retrouvant de justesse ses moyens intellectuels. Une ancienne actrice devenue députée. Elle va sûrement se plaindre du manque de crédits pour la culture...

— Vous m'impressionnez. Vous voyez, vous vous en sortez à merveille, même sans vos notes.

Puis il fronça les sourcils et reprit :

— Vous êtes sûre que tout va bien ? Vous avez les joues roses. Vous avez de la fièvre ?

Oui. Et quelle fièvre !

— Non, répondit Ruby. Je suis juste un peu fatiguée.

— Bien sûr, où avais-je la tête ? Vous forcer à rester si longtemps debout, alors que vous êtes convalescente...

Avec douceur mais fermeté, il la guida vers une chaise et la fit s'asseoir.

— Attendez-moi ici. J'expédie Dame Cicely, puis je vous emmène dîner.

Dîner ? C'était vraiment ce qu'il comptait faire ? Ou était-ce une façon polie de dire « coucher ensemble » ?

Cette perspective fit frissonner Ruby. Elle glissait peu à peu sur une pente dangereuse. Elle devait arrêter cette dégringolade avant qu'il ne soit trop tard. La suite, elle la connaissait déjà. Ils rentreraient chez Matteo, ils s'embrasseraient, se toucheraient... Puis elle se rendrait compte qu'elle avait changé d'avis et demanderait à partir. Médusé, il essaierait de la retenir, mais elle appellerait un taxi et prendrait ses jambes à son cou. C'était toujours le même scénario. Elle ne revoyait heureusement jamais ses compagnons d'un soir, ce qui évitait bien des problèmes. Mais la situation était différente dans le cas de Matteo. Il était le principal mécène de la troupe. Leurs routes étaient appelées à se recroiser.

— Je... je ne crois pas que ce soit une bonne idée.

— Pourquoi pas ? demanda-t-il, sourcils froncés.

Il était tout proche d'elle, et Ruby déglutit à grand-peine. Cette promiscuité assaillait ses maigres défenses et menaçait de les balayer. Pourquoi lui résister ? Peut-être que, cette fois, les choses se passeraient autrement ?

— Ruby, c'est une excellente idée, insista-t-il.

— Non, je... je suis fatiguée. Je ferais bien de rentrer.

Les lèvres relevées par un sourire mi-moqueur, mi-tentateur, Matteo scruta son visage comme pour lire ce qu'elle tentait de lui dissimuler.

— Vous n'êtes pas fatiguée. Vous êtes nerveuse. Vous avez peur du qu'en-dira-t-on.

Sans lui laisser le temps de répondre, il jeta un coup d'œil par-dessus son épaule et enchaîna :

— Attendez-moi ici. Ne bougez pas.

Il s'éloigna, la laissant en proie à un étrange sentiment d'abandon. Moins de cinq minutes plus tard, il était de retour.

— Voilà, c'est réglé.

— Qu'est-ce qui est réglé ?

— J'ai promis de soutenir le programme d'aide aux jeunes artistes de Dame Cicely. Le directeur de la troupe est aux anges et m'a chargé de vous le dire. Mon travail ici est donc terminé. Le vôtre aussi, par conséquent. Allons dîner.

— Je...

— Protestez tant que vous voulez, ça ne changera rien.

— Très bien, concéda Ruby, sentant que toute résistance était futile. J'en serais ravie.

Avec un hochement de tête satisfait, Matteo lui prit la main pour l'entraîner vers la sortie. Une inquiétude diffuse tenaillait Ruby, mais ne résista pas longtemps au sentiment d'expectative qui montait en elle. Une limousine se gara en silence devant eux lorsqu'ils arrivèrent sur le trottoir.

Là, l'Italien s'arrêta et lui adressa un sourire qui fit bondir son cœur dans sa poitrine.

— Vous êtes prête ? demanda-t-il.

— Autant que je puisse l'être.

Le chauffeur lui ouvrit la porte, et elle se glissa à l'intérieur du luxueux véhicule.

5

Matteo avait à peine donné l'ordre à son chauffeur de démarrer que son téléphone sonna. Il grinça des dents - qui osait le déranger à un pareil moment ? Après avoir vérifié l'identité de son interlocuteur, il adressa un regard d'excuse à Ruby et décrocha.

— Ça ne peut pas attendre, David ? Je suis occupé...

— Bien sûr. Je peux te rappeler demain pour te dire que Claudio a approché Augusto Arturo et lui a proposé de fusionner, si tu préfères.

— Rien de nouveau sous le soleil. Je le sais déjà. Il n'a pas la moindre chance.

Tout en parlant, il glissa un bras autour des épaules de Ruby et l'attira contre lui. La jeune femme se raidit mais ne résista pas. Du bout des doigts, il caressa sa peau soyeuse.

— Je ne serais pas aussi affirmatif, répliqua David. Ils ont été vus déjeunant ensemble à Cannes.

Matteo se redressa, alarmé. Un déjeuner témoignait d'une négociation plus poussée qu'il ne l'avait cru. Ce n'était pas une bonne nouvelle.

— Tu es sûr ? Comment l'as-tu appris ?

— Claudio a mis une photo accompagnée d'un

message sur les réseaux sociaux. Tu veux que je te lise la légende ? « Hâte de revoir mes vieux amis sur la Côte d'Azur cet été. Régate du Cordon d'Or au programme, suivie d'un week-end en Toscane avec l'inénarrable Augusto Arturo. »

— Je ne comprends pas à quel jeu il joue. De toute façon, ça ne prouve rien.

— Ça prouve qu'il sait comment te provoquer.

Matteo inspira, luttant pour faire taire le sang qui rugissait à ses oreilles et à ses tempes. Il ne tomberait pas dans le panneau. Il connaissait Claudio, il connaissait sa façon de faire. Il ne devait surtout pas mordre à l'hameçon.

— Tu as raison, dit-il dans un soupir. Claudio sait que nous sommes sur les rangs. Et fusionner avec Arturo ne l'intéresse pas plus que ça, à mon avis. Je me demande ce qu'il a derrière la tête.

— Je pense qu'il essaie de te faire réagir. Il t'envoie un message. Une sorte de provocation sur le terrain médiatique.

— Il a pris un coup d'avance. Je ne l'ai pas vu venir. Je pensais vraiment qu'il avait d'autres chats à fouetter.

Matteo était en colère, autant contre Claudio que contre lui-même. Il aurait pourtant dû savoir qu'avec Claudio Calvaneo, mieux valait rester constamment sur ses gardes et ne rien tenir pour acquis. L'ancien ami de son père semblait décidé à en finir avec la Banca Casa di Rossini une bonne fois pour toutes.

— Pas la peine de nous emballer, reprit David d'un ton songeur. Que Claudio veuille fusionner ou non, le fait est qu'Arturo a plutôt intérêt à faire affaire avec *nous*.

— Oui. Il est possible que ce manège n'ait d'autre but que de m'agacer. Mais qu'il s'agisse d'une escarmouche ou d'une guerre ouverte, pour le moment, je ne peux rien faire.

— J'espère ne pas avoir gâché ta soirée. Je pensais que tu voudrais être mis au courant au plus vite. Te connaissant, je préférais éviter que tu le découvres par hasard.

Matteo retint un sourire – il savait ce que David voulait dire. Autrefois, il aurait sans doute réagi sur un coup de tête, peut-être violemment, pour le plaisir de voir Claudio à genoux devant lui. Mais il avait mûri. Casser la figure à Claudio aurait été facile, et totalement contre-productif. Il finirait sans doute en prison, au grand ravissement de son ennemi.

Claudio connaissait son tempérament, ou croyait le connaître. C'était la raison de cette petite démonstration de force, dont Matteo était prêt à parier que ce ne serait pas la dernière. Claudio ferait tout pour le pousser à la faute lors de leur prochaine confrontation.

— Merci, David. Tu as bien fait. Je vais réfléchir à une stratégie. Reparlons-nous demain.

Il raccrocha et s'adossa à la banquette, l'esprit en ébullition. Il était essentiel de garder la tête froide. Il ne pourrait rien faire tant qu'il ne rencontrerait pas Augusto Arturo en personne. Le vieil homme, après tout, pouvait bien déjeuner avec qui il voulait. La seule chose que Matteo contrôlait, dans cette affaire, c'était lui-même.

— Tout va bien ?

Il pivota vers Ruby, tiré de ses ruminations. La jeune femme le dévisageait de ses grands yeux curieux.

Si quelqu'un avait le pouvoir de lui faire oublier ses problèmes, c'était elle.

— Très bien. Juste quelques petits soucis professionnels. Rien de bien intéressant.

— Hmm... si vous le dites.

— Je le dis. Je dois juste garder mon téléphone à portée de main, au cas où, mais je ne pense pas que serons dérangés. Ah, nous voici arrivés...

La limousine venait de s'arrêter devant Luigi's, l'un de ses restaurants préférés. La cuisine y était exquise et l'accueil chaleureux. Matteo mit pied à terre, fit rouler ses épaules pour en chasser la tension et se força à se concentrer sur la soirée qui s'annonçait. Il emplit ses poumons de l'air de la nuit, lourd du parfum des jasmins qui flanquaient la porte de l'établissement.

À son tour, Ruby descendit. Ce spectacle était pareil à une gorgée de vin frais une nuit d'été, et il se détendit d'un seul coup. Quelques minutes plus tard, ils s'installaient dans un coin du restaurant, à une table où les ombres dansaient dans la lueur de longues bougies blanches. Dans cette semi-obscurité complice, Ruby lui parut d'une beauté plus rare encore. Son cou de cygne et ses poignets fins, sa pâleur de porcelaine, donnaient à Matteo l'envie de tendre la main pour la toucher. Il aurait voulu suivre le tracé de ses clavicules, s'enivrer de la douceur de sa peau.

Mais en amour comme en affaires, il était important de faire preuve de retenue. Il devait laisser la soirée suivre son cours naturel, sans brusquer la jeune femme.

— Vous avez été formidable, déclara-t-il avec un sourire chaleureux. Je n'aurais pu rêver meilleure assistante.

— Ce n'était pas si difficile. J'étais dans mon univers.

— Vous ne parlez pas uniquement de la danse, n'est-ce pas ? J'ai cru comprendre que vous étiez très attachée à la compagnie elle-même.

Il revit son visage radieux, son sourire de fierté comme elle lui présentait ses collèges, les accolades affectueuses que ces derniers lui donnaient au passage.

— Cette troupe est ma famille.

— Au sens figuré, je suppose.

— Non. Depuis l'âge de onze ans, je suis pensionnaire du British Ballet. Ma mère et son compagnon ont déménagé dans le sud du pays à cette époque, et j'ai préféré rester avec la troupe plutôt que de partir avec eux. Comme vous le voyez, je fais donc partie des meubles, conclut Ruby sur un ton faussement joyeux.

Matteo commençait à reconnaître ses petites manies, ses affectations. Elle débordait d'un charme qui, s'il n'y prenait garde, pouvait s'avérer dangereux.

— Je suis sûr que tout ira à merveille, Ruby. Ne vous en faites pas pour l'avenir.

Cette fois, le sourire de la jeune femme vacilla.

— Facile à dire.

— Même si vous ne dansiez pas, je suis sûr que vous pourriez faire plein d'autres choses avec la troupe. Ou même ailleurs. Il doit y avoir des postes dans d'autres compagnies, non ?

— Bien sûr. Mais je ne suis pas en position de songer à l'avenir. Tout dépendra de ce que dira mon médecin la semaine prochaine.

— Mais seriez-vous prête à bouger, le cas échéant ? Ou avez-vous des... attaches à Londres ?

— Il n'y a personne dans ma vie, si c'est ce que vous voulez savoir.

— C'est exactement ce que je voulais savoir, oui.

Ruby fit une grimace comique, puis reprit à voix basse :

— Pour être honnête, ma vie sentimentale n'est pas particulièrement reluisante. Je ne suis déjà pas très sociable par nature, et ma blessure m'a mise complètement K.O. Alors non, il n'y a personne dans ma vie.

— Ma vie sentimentale n'est pas très reluisante non plus, vous savez.

Sa remarque arracha un sourire moqueur à Ruby.

— Je n'en doute pas. Mais pour des raisons bien différentes.

— C'est ce qu'une certaine presse aimerait vous faire croire.

L'arrivée d'un serveur interrompit Matteo, à son grand soulagement. Il n'avait pas particulièrement envie de s'épancher, de raconter sa vie privée à Ruby. Il ne s'intéressait pas davantage à la sienne. Ce genre d'information, une fois échangé, pouvait laisser croire à une complicité – et donc à un avenir – qui n'existait pas.

Les serveurs déployèrent leurs serviettes avec solennité avant de poser devant eux un impressionnant assortiment d'*antipasti* : tranches de melon, légumes grillés, olives, le tout accompagné d'un vin blanc dont la fraîcheur perlait les verres de cristal.

— Bon appétit, lança Matteo.

Les doigts joints sous son menton, il la regarda mordre dans un morceau de melon puis dans un poivron grillé, ne s'arrêtant que pour avaler une gorgée de vin. Il avait invité des dizaines de femmes à dîner, et n'avait jamais pris un tel plaisir à regarder quelqu'un manger. Ruby était d'une candeur rafraîchissante, apparemment insensible à ce que l'on pensait d'elle. Elle n'avait paru ni impressionnée ni intéressée par son jet et sa limousine. Son seul but, semblait-il, avait été de le sensibiliser à la beauté du ballet. La danse était sa passion, c'était évident.

Ce sentiment, il le connaissait bien. Lui aussi avait éprouvé le même enthousiasme, autrefois. Le même désir de s'entraîner, de repousser les limites, de devenir le meilleur. Avec pour objectif la reconnaissance ultime : jouer pour son pays.

Il n'oublierait jamais la joie qu'il avait éprouvée lorsque son entraîneur l'avait pris à part et lui avait annoncé qu'il était pressenti pour un poste en équipe nationale. Il ne l'avait dit à personne, sauf à Sophie. C'était la seule à qui il faisait confiance, la seule qui savait ce qu'un tel honneur signifiait pour lui.

Mais tout cela appartenait au passé. Même sans la trahison de Sophie, il savait qu'il n'aurait pu devenir joueur professionnel. Sa mère était veuve, l'entreprise familiale était au bord du gouffre. L'honneur de sa famille était en jeu, et il avait dû répondre présent. Plus question, après la mort de son père, d'aller passer sa vie à courir sous la pluie derrière un ballon.

Sa raison lui disait qu'il n'avait pas le droit de se plaindre. Il était milliardaire. Mais sa fortune, parfois, le révulsait. L'argent montait à la tête des gens, leur noircissait l'âme. Claudio en était le parfait exemple. Il n'avait jamais manqué de rien, mais il avait voulu toujours plus. Les conséquences de son avidité avaient été désastreuses.

— Vous vous sentez mieux ? demanda-t-il quand ils eurent fini les *antipasti*.

Un sourire creusa de charmantes fossettes sur les joues de sa compagne.

— Oh ! oui. C'était délicieux.

— C'était juste l'entrée. J'espère que vous avez encore de la place, s'enquit Matteo comme les serveurs disposaient une nouvelle série d'assiettes à partager entre eux.

La jeune femme écarquilla les yeux, puis laissa échapper un rire incrédule.

— Je crois que j'ai encore un peu de place. Je n'ai pas l'habitude de manger autant... Non, ce n'est pas vrai, je mange en général avec beaucoup d'appétit. Mais pas depuis ma blessure. D'autant que je ne peux pas me permettre d'aller très souvent au restaurant.

— Pourquoi, ils ne vous paient plus ? L'administration de la troupe ne vous voit pas comme un investissement ?

Matteo savait que rien de tout cela ne le regardait, mais toute forme d'injustice le révoltait.

— Bien sûr que si, ils s'occupent de moi. Mais ils ne peuvent pas payer une fortune une danseuse qui ne danse pas. Donc, conclut Ruby en jouant nerveusement avec sa queue-de-cheval, je fais attention à mes dépenses. Normalement, quand je sors avec un homme, je paie ma part.

— Il s'agit donc d'un dîner galant ? susurra Matteo, haussant un sourcil amusé.

Ruby, qui s'apprêtait à porter une fourchette de pâtes à ses lèvres, la reposa doucement sur son assiette. Les bougies illuminaient les profondeurs de ses yeux et Matteo se demanda s'il avait jamais connu femme plus belle.

— Un dîner galant ? répéta-t-elle enfin. Je... je ne crois pas.

— Nous avons pourtant établi, il me semble, qu'une certaine alchimie existait entre nous. Vous n'êtes pas d'accord ?

— C'est comme ça que vous séduisez les femmes ? Je vous croyais plus subtil.

Elle reprit sa fourchette, puis se remit à manger sans le quitter des yeux. Matteo sourit, amusé par le défi silencieux qu'elle semblait lui lancer.

— Je ne savais pas qu'il s'agissait d'être subtil, rétorqua-t-il. Il me paraissait évident que je vous attirais physiquement.

Ruby posa une main sur sa poitrine, arborant une expression de stupeur feinte. Malgré lui, Matteo baissa les yeux vers son décolleté. Ses seins étaient petits, ronds, et il brûlait d'envie de les découvrir pour y goûter.

— Je vous ai choquée ? demanda-t-il.

— La seule chose qui me choque, c'est votre malhonnêteté intellectuelle. C'est *vous* qui avez passé la soirée à essayer de me séduire.

— Moi ? Vraiment ?

— Absolument. Vous n'avez pas arrêté d'envahir mon espace personnel. Je ne pouvais pas faire un geste sans vous trouver à mes côtés.

Matteo ne put retenir un éclat de rire. Plus il passait de temps avec cette fille, plus il avait envie d'elle.

— Je n'ai donc plus qu'à m'excuser, répondit-il.

Même si je n'ai pas noté la moindre tentative de votre part de me chasser de votre « espace personnel », comme vous dites. D'ailleurs, maintenant que j'y pense, j'ai l'impression que c'est vous qui avez passé beaucoup de temps dans *mon* espace personnel, bien plus qu'il n'en fallait pour me murmurer vos conseils de cette voix sexy que vous adoptez parfois. J'irais même jusqu'à dire qu'à plusieurs reprises, vous vous êtes quasiment frottée contre moi. C'est peut-être une attitude considérée comme parfaitement normale dans le milieu de la danse, mais pour un profane, c'était pour le moins... provocateur.

La jeune femme leva les yeux au ciel comme pour se moquer de ses propos, sans pouvoir s'empêcher de rougir. Elle essayait de gagner du temps, c'était évident. Chaque seconde qui passait épaississait l'atmosphère.

— Je faisais simplement mon travail, déclara-t-elle en le regardant enfin, avec un haussement d'épaules innocent. Ce n'est pas ma faute si vous y avez vu davantage.

— Ah, je comprends. Je me suis fait des idées, c'est ça ?

Matteo n'attendit pas sa réponse. Il connaissait les femmes – assez bien pour savoir qu'il n'avait rien imaginé.

— Je suis prêt à réviser mon opinion durant le dessert. Si je me trompe, je vous présenterai mes excuses. Mais si j'ai raison...

— Nous verrons, répondit Ruby, avec un autre haussement de ses fines épaules.

Sous cette indifférence affichée, il la sentait fléchir.

Elle était presque mûre, Matteo en était sûr. La nuit s'annonçait mémorable.

Il se pencha vers elle et lui prit la main, satisfait de constater qu'elle n'essayait pas de se dégager. Du pouce, il suivit les veines qui couraient sous sa peau et marbraient son poignet délicat. Elle battit des paupières, presque malgré elle, puis laissa échapper un soupir.

— J'ai raté une soirée au casino avec mes amis du fait de ce ballet, reprit-il d'une voix sourde. Je ne le regrette pas. Quand le soleil se lèvera, je connaîtrai toutes vos zones érogènes.

Ruby tressaillit, mais parut se ressaisir aussitôt.

— Autant que je vous prévienne tout de suite : le sexe ne m'intéresse pas plus que ça.

D'un doigt, Matteo lui souleva le menton. Une expression de défi passa dans le regard de la jeune femme, presque aussitôt remplacée par du désir. Inclinant la tête, il déposa un baiser léger sur ses lèvres.

— Voilà qui complique mes chances, souffla-t-il, mais je suis prêt à tenter ma chance. Je suis prêt à parier que je peux vous faire changer d'avis.

La jeune femme esquissa un sourire, et parut hésiter une dernière fois avant d'acquiescer.

— Très bien. Pari tenu.

6

Ruby émergea sur la terrasse et s'avança jusqu'à la balustrade qui séparait l'appartement de Matteo du ciel nocturne de Londres. Des milliers de lumières scintillaient sous ses pieds. En contrebas, la Tamise déroulait ses méandres sombres, pommelés par endroits par la clarté lunaire. Une légère brise soufflait. Ruby frotta ses bras nus avec un frisson.

Reposant sa flûte de champagne à demi entamée, elle écouta d'une oreille la conversation étouffée qui provenait du salon. Matteo était au téléphone. C'était le troisième coup de fil qu'il recevait depuis qu'ils étaient rentrés – la vie d'un homme d'affaires, supposa-t-elle.

Jamais elle n'avait soupçonné que l'on pût vivre ainsi, dans un tel cadre, toujours disponible, et elle s'imagina un instant partager ce genre d'existence. L'argent, la vue sur Londres, la fête permanente. Les clients qui en demandaient toujours plus, les actionnaires avides. Comme ce monde était loin du sien !

Quand elle pensait à l'avenir, elle se voyait toujours seule, sur scène. Elle repoussait les limites, tordait son corps dans des positions et des enchaînements qui lui valaient l'admiration du public et des critiques. Mais après les ovations, quand le rideau retombait, il n'y avait rien. Pas de mari avec lequel rentrer en taxi, pas d'enfants qui l'attendaient en compagnie de leur nounou, luttant contre le sommeil pour pouvoir l'embrasser. Pas de mère au téléphone pour la féliciter, lui dire à quel point elle était fière d'elle.

Non, elle n'avait jamais rêvé de ça et, jusqu'à ce soir, n'avait jamais songé qu'il pût s'agir d'un manque. D'aussi loin qu'elle se souvenait, son rêve avait été le même : danser. Après ses premières leçons dans la salle municipale, son professeur avait annoncé à sa mère qu'elle était « très prometteuse ». Ruby dansait partout, en permanence, de l'arrêt de bus à l'école, de l'école au supermarché, et les gens qui la voyaient la regardaient en souriant. Elle se tournait alors vers sa mère, espérant lire le même bonheur sur son visage – en vain. Cette dernière était toujours plongée dans ses pensées, un cœur brisé rongé par ses tourments. Jusqu'au jour où elle avait rencontré George. Tout s'était joué à cet instant.

Ruby avait eu l'impression d'atteindre un embranchement. Deux routes en partaient dans des directions opposées. D'un côté, la promesse d'une « nouvelle vie », selon les mots de sa mère, en Cornouailles, avec George. Nouvelle école, nouveaux amis. Elle pourrait danser, bien sûr. Mais Ruby avait compris ce que serait vraiment sa vie, là-bas. George en deviendrait le centre. De danse, il ne serait plus question. Plus comme avant, en tout cas.

Elle s'arracha à ses rêveries en voyant Matteo se diriger vers elle. Depuis leur retour du restaurant, il s'était comporté en parfait gentleman, attentif et délicat - presque trop. Il s'était enquis de l'état de son genou. Il lui avait ensuite demandé si elle avait encore faim et lui avait servi du champagne accompagné de bouchées sucrées.

L'Italien s'arrêta au seuil de la terrasse. De nouveau, Ruby sentit un appel muet lui nouer le ventre. À quoi bon lutter ? Le combat était perdu d'avance. Avec sa chemise ouverte et le début de barbe qui grisait ses joues, Matteo était sexy en diable.

— Navré de cette interruption, murmura-t-il, s'approchant d'elle pour glisser un bras autour de sa taille.

Il déposa un baiser léger sur ses lèvres, puis recula et lui sourit, comme il l'avait fait à plusieurs reprises au cours des deux dernières heures.

— Nous devrions être tranquilles jusqu'à demain matin.

— Je suppose qu'on ne dort jamais, dans votre monde. Quelqu'un a toujours un problème urgent à régler quelque part.

— C'est exact. Pour tout vous dire, ce n'est pas l'aspect de ce métier que je préfère. Tenez, cet été, je dois assister à une régate sur la Côte d'Azur. Ça paraît idyllique, n'est-ce pas ? Pourtant, ce sera mortellement ennuyeux.

— Oui, j'ai vu ce que ça pouvait donner ce soir.

— Dieu merci, vous étiez là, déclara-t-il, se penchant pour l'embrasser de nouveau. Je ne pensais pas dire ça un jour, mais j'ai passé une excellente soirée au ballet. Grâce à vous.

Ruby s'abandonna à ses baisers, le souffle court. Mais

chaque fois qu'elle croyait que Matteo allait passer à la vitesse supérieure et l'entraîner vers sa chambre, il reculait pour laisser retomber la pression, pareil à un chef d'orchestre dosant un *crescendo*. C'était une expérience nouvelle, frustrante et incroyablement excitante à la fois.

D'un pas nonchalant, il se dirigea vers le seau à glace et en tira la bouteille de champagne. Il remplit le verre de Ruby avant d'aller chercher le sien, abandonné dans le salon. Sans le quitter des yeux, elle se força à boire.

— Que pensez-vous de la vue ? demanda-t-il quand il revint à ses côtés. Spectaculaire, n'est-ce pas ? Je ne me lasse pas de cette ville. Même Rome ne me touche pas autant. Pourtant, Rome est dans mon sang...

Ils admirèrent en silence la Tamise, accoudés l'un contre l'autre à la balustrade. Deux bateaux se croisèrent, illuminés, pulsant d'une musique de boîte de nuit. La circulation nocturne déroulait sur les ponts de longs rubans de lumière.

— Je n'ai jamais vu une ville de si haut, murmura Ruby. C'est très différent du Londres que je connais. Vous voyez ces bus, là-bas ? D'habitude, je suis sur l'un d'entre eux, pendant que vous êtes ici. Ou plus haut encore, renchérit-elle en désignant un hélicoptère qui survolait la ville. Vous en avez un ?

— Pas en ce moment, non. Mais parlez-moi plutôt de votre monde. Où habitez-vous ?

Tout en parlant, il glissa un bras autour de sa taille. Ruby réprima un frisson et s'efforça de se concentrer sur le paysage.

— Là-bas, c'est Croydon, déclara-t-elle, désignant

un point à l'horizon. C'est là que j'ai grandi, avant que maman ne déménage et que je ne devienne pensionnaire du British Ballet.

Elle s'interrompit, supposant qu'il allait l'interroger sur le sujet. Invariablement, ses interlocuteurs se fascinaient pour son histoire. Une mère qui déménageait à cinq cents kilomètres pour fonder une famille avec son nouveau petit ami, délaissant la fille qu'elle avait déjà, ce n'était pas courant. Ruby, pour être honnête, avait du mal à le comprendre elle-même.

Elle n'en voulait pas pour autant à sa mère. Au début, cette dernière lui avait rendu visite. Elles s'étaient appelées régulièrement. Puis les contacts s'étaient espacés. George et les jumelles avaient monopolisé son affection.

Ses demi-sœurs avaient aujourd'hui seize ans. Elles étaient presque adultes, mais Ruby ne les connaissait pas vraiment. Pire encore – elle avait honte de l'avouer –, elle ne ressentait rien pour elles. Était-ce parce qu'elles ne lui ressemblaient pas ? Les filles avaient les cheveux blonds de leur mère et la carrure un peu de lourde de George, alors que Ruby était mince et brune...

D'humeur mélancolique, elle laissa son regard se perdre dans la nuit. Quelque part là-bas, derrière l'horizon, elle avait une famille qui lui ressemblait. Des oncles, des tantes, des cousins. Elle s'abandonna un instant à son rêve récurrent. Elle dansait sur une scène distante. Un homme se levait à la fin de la représentation – son père ! Il s'avançait vers elle, jouait des coudes pour l'atteindre, l'appelait. La main en visière pour s'abriter des projecteurs, elle tentait de le voir et criait « Papa ! »

Ses yeux s'emplirent de larmes. Matteo la serra plus étroitement, mais elle resta quelques instants encore plongée dans sa rêverie, perdue sur cette scène imaginaire, cherchant son père dans la foule.

— Vous avez dû faire preuve d'un talent précoce, murmura-t-il.

Ruby tressaillit lorsque ses doigts glissèrent sur sa nuque. Puis elle s'abandonna, laissant sa tête reposer sur sa main. Ce soir, des émotions longtemps enfouies remontaient à la surface. Peut-être était-ce le champagne... Ou plus simplement, la présence de cet homme.

Ils s'embrassèrent de nouveau, avec la même douceur. Leurs langues se mêlèrent, et Ruby se blottit contre le mur d'airain de son torse.

— J'ai hâte de vous voir danser, murmura-t-il.

Il déposa de petits baisers dans son cou, juste derrière son oreille, tandis que ses mains se refermaient sur sa taille. Un grand frisson la parcourut.

— Matteo, s'il vous plaît...

— Voilà donc l'une de vos zones érogènes. Les autres, je les découvrirai avant l'aube.

Ruby soupira, se demandant si ses jambes allaient la porter bien longtemps. Elle en avait assez de la discipline, assez de se montrer raisonnable. Elle passait sa vie à s'interdire toute forme de plaisir, au nom de la performance sportive. Tous les désirs qu'elle avait réprimés, sous les assauts de cet homme, revenaient en force.

Elle méritait cette nuit. Non, elle en avait *besoin*.

Sous sa robe, ses tétons durcirent. Elle s'affaissa contre le corps de l'Italien de tout son poids, avide de caresses plus intimes. Matteo prit son visage entre ses mains brûlantes et l'embrassa sans retenue, cette fois, avec une passion qui donna à Ruby l'envie de se défaire du carcan de sa robe rouge.

— Assez joué, s'entendit-elle protester. Vous avez gagné le pari. Passons dans votre chambre.

Il se figea et la dévisagea, visiblement surpris. Ruby rougit – où avait-elle trouvé l'audace de dire une chose pareille ? Elle se demanda si Matteo n'allait pas refuser, choqué par son franc-parler. Mais ses yeux couleur café s'illuminèrent, et il répondit avec un rire sourd :

— Ne vous en faites pas : c'est exactement mon intention.

Joignant le geste à la parole, il l'entraîna à l'intérieur. Ils passèrent entre les deux palmiers qui flanquaient la baie vitrée, oscillant dans la brise telles deux sentinelles complices. Dans l'émotion du moment, le moindre détail la frappait avec une intensité presque surnaturelle. Son sac de soirée abandonné sur le canapé avec le nœud papillon de l'Italien. Le bruissement de sa robe contre ses cuisses. Le parfum végétal de la nuit.

Par une porte ouverte, Ruby aperçut un bol en argent débordant de fruits, la seule trace de vie dans une cuisine d'une modernité stérile. Puis ils remontèrent un couloir dont les murs étaient décorés de photos. L'une d'elle représentait Oral Rossini debout à la proue d'un bateau, les cheveux au vent, souriante.

Enfin, Matteo poussa la porte de sa chambre. Un lit immense trônait en son centre, à peine éclairé par la lumière de deux lampes de chevet. Un bureau et un tapis contemporain complétaient un ensemble dépouillé, élégant et spartiate à la fois.

Le cœur battant, Ruby franchit le seuil. Voilà, c'était en ce lieu qu'il allait la faire sienne. Elle tourna sur elle-même, étudiant les lieux avec un mélange d'angoisse et d'excitation. Dans un miroir, elle vit Matteo approcher d'elle.

— J'ai admiré votre robe pendant toute la soirée.

— V-Vraiment ?

— Pour être tout à fait honnête, je me suis surtout demandé ce que vous cachiez dessous.

D'un doigt paresseux, il suivit l'ourlet de son décolleté. Ruby ferma les yeux, en proie à un tremblement incontrôlable, pendant que le doigt continuait sa descente jusqu'à son ventre. Enfin, l'Italien referma les mains sur ses hanches.

Le peu de raison qu'il lui restait s'évanouit. Comment avait-elle pu, pendant si longtemps, se refuser un tel plaisir ? Elle prit appui sur son torse, troublée par le galbe et la dureté de ses pectoraux. Elle en suivit les contours, s'enhardit, déboutonna la chemise de Matteo jusqu'à sa ceinture. Son regard s'arrêta un instant sur la bosse qui gonflait sa braguette. À ce spectacle, une chaleur volcanique se déploya en elle.

Elle avait vu nombre d'hommes plus ou moins déshabillés dans le milieu de la danse, tous au sommet de leur forme physique. Mais aucun n'avait exsudé la virilité de Matteo, songea-t-elle en repoussant sa chemise de ses larges épaules. Aucun ne lui avait donné une telle impression de puissance.

Ruby se mordit la lèvre, puis leva vers lui un sourire malicieux.

— À quoi pensez-vous ? demanda-t-il, basculant avec elle sur le lit.

Ruby remonta les pans de sa jupe, assise à califourchon sur lui.

— À vous, chuchota-t-elle.

Puis elle entama un mouvement de va-et-vient contre son bassin. Elle le sentit durcir plus encore, si c'était possible, à travers la frêle dentelle de ses sous-vêtements. Ruby soupira, ivre d'excitation. Le moindre mouvement criblait son corps de décharges de plaisir. Matteo la laissa osciller contre lui, haletant de plus en plus fort, puis leva les mains vers elle. Elle lui saisit aussitôt les poignets.

— Ne bougez pas, ordonna-t-elle.

Les yeux clos, elle gémit et bougea de nouveau contre lui, à deux doigts de l'orgasme.

— Surtout ne bougez pas...

— Vous avez l'air bien sage, comme ça, mais je commence à comprendre qu'il ne faut pas s'y fier.

Incapable de répondre, Ruby poursuivit son va-et-vient.

— Vous voulez que je reste là, sans vous toucher, pendant que vous vous donnez du plaisir ?

Avec un gémissement, elle renversa la tête en arrière et accentua sa pression.

— Autant que je vous prévienne, *principessa*, ça va vous coûter cher.

— Oui, hoqueta-t-elle. Oh oui !

Elle entendait, dans le silence de la nuit, le frottement de sa robe sur les draps de coton, celui de son sexe brûlant contre la raideur de Matteo, leurs respirations saccadées.

— Allez-y, *cara*. Je veux vous entendre jouir…

Ruby obéit – elle n'avait de toute façon pas le choix. L'orgasme la souleva telle une vague, la roula et lui fit perdre conscience de son environnement. Hébétée, elle s'effondra dans les bras de son compagnon. Il lui caressa la tête un instant avec douceur puis, sans crier gare, la retourna pour s'allonger sur elle. Glissant une main sous son dos, il trouva la fermeture de sa robe, la fit coulisser et acheva de la déshabiller. Ruby s'étira, plongée dans le délicieux engourdissement qui suivait la jouissance, nue à l'exception de sa culotte de dentelle noire. Étrangement, elle n'éprouvait pas la moindre pudeur. Elle appréciait d'être désirée par un tel homme.

— Vous êtes encore plus belle que je l'imaginais, dit-il, se débarrassant à son tour de son pantalon.

La vue de son sexe conquérant, tendu comme une barre d'acier, ranima instantanément le désir de Ruby. Elle avança la main vers lui avec avidité, mais il lui cloua les poignets au matelas.

— Oh non. À mon tour…

Alanguie, elle ne put que gémir lorsque ses lèvres montèrent à l'assaut de ses seins. Il offrit à chacun l'hommage de sa langue.

— Oh ! Matteo, soupira-t-elle. Maintenant…

Son compagnon s'interrompit un instant, et la dévisagea avec un sourire espiègle.

— Il va falloir apprendre la patience, ma chère…

Ses lèvres se refermèrent de nouveau sur un téton

bourgeonnant. Il le suçota un court instant, puis le mordilla avec douceur.

— Oui, hoqueta Ruby, arc-boutée sur le lit. Oui…

Elle voulut glisser les doigts dans ses cheveux, mais il avait entamé une descente vertigineuse le long de son ventre. Sa langue suivit le contour de son nombril, poursuivit son enivrant voyage et glissa entre ses cuisses. Le souffle coupé, Ruby s'abandonna au plaisir que lui procurait cette exploration intime. Il découvrit son clitoris, l'effleura doucement. Des points lumineux apparurent devant ses yeux, semblables à des lucioles dans la nuit. Une bulle enflait en elle, repoussait les frontières de son corps. Encore quelques secondes et ce serait l'orgasme.

Matteo se redressa alors et, d'un seul mouvement, glissa en elle.

7

Il faisait encore nuit lorsque Ruby se réveilla. Elle se trouvait dans un lit inconnu, dans une chambre inconnue, et tout son corps se raidit. La pièce baignait dans l'obscurité, le silence à peine troublé par la respiration de l'homme qui dormait près d'elle : Matteo Rossini, séducteur bien connu, président de la Banca Casa di Rossini et mécène du British Ballet. Bref, la dernière personne avec laquelle elle aurait dû coucher.

Grands dieux, qu'avait-elle fait ? Comment avait-elle fini dans ce lit ? Elle passa mentalement en revue les événements de la nuit. Des émotions trop longtemps enfouies étaient remontées à la surface, sapant ses défenses. Il y avait eu du champagne, puis du vin, puis encore du champagne – trop d'alcool.

Ruby tenta de se rappeler combien de verres elle avait bu. Deux ? Trois ? Non, elle pouvait difficilement se réfugier derrière cette excuse. Elle avait failli à sa discipline habituelle, voilà tout. Elle devait partir, et vite. L'idée d'affronter Matteo à la lueur du jour, après ce qui s'était passé, la terrifiait.

Dans son sommeil, son compagnon glissa soudain un bras sur sa taille. Luttant contre une farouche envie de s'enfuir, Ruby se força à ne pas bouger et à respirer lentement. Prendre ses jambes à son cou n'arrangerait pas ses affaires. Elle devait réfléchir avant d'agir. Se réveiller à côté d'un homme qu'elle connaissait à peine, après tout, n'avait rien de dramatique. Ce genre de chose arrivait à tout le monde.

Elle prit une profonde inspiration pour calmer les battements de son cœur. L'air était lourd du parfum de leurs corps. Quelle nuit... Ils avaient fait l'amour, encore et encore, et s'étaient endormis d'un sommeil de plomb. Matteo était un amant d'exception, et Ruby s'était livrée à ses caresses avec un abandon qui lui faisait monter le rouge aux joues.

Que lui arrivait-il ? Pourquoi ne pouvait-elle pas simplement profiter de ce qu'ils avaient vécu, se laisser bercer par le délicieux engourdissement des orgasmes à répétition qu'il lui avait offerts ? Elle n'était pas normale, elle le savait. Les deux hommes avec lesquels elle avait couché le lui avaient dit, lorsqu'elle leur avait appris qu'elle ne pouvait pas passer la nuit avec eux. Elle avait toujours trouvé une excuse pour s'éclipser une fois l'acte accompli. Mais quitter le lit de Matteo, après ce qu'ils avaient vécu ? Pour la première fois, quelque chose clochait.

La pénombre se dissipa un peu – l'aube approchait. Une chaise apparut, un vase ensuite, puis la photo d'une île encadrée au mur. Un filet de lumière, sous la porte, éclairait leurs vêtements abandonnés par terre. Matteo n'avait pas évoqué ses ex, la veille, mais Ruby n'était pas naïve au point d'imaginer qu'elle était la première à entrer dans cette chambre. Elle savait qu'il avait eu des relations de longue durée – comme celle, très médiatisée, avec Lady Faye. Il avait aussi dû avoir des histoires d'une nuit.

Comme avec elle.

Une sueur froide la baigna à l'idée d'être allongée au même endroit que des dizaines d'autres femmes... Elle se força à patienter quelques minutes encore puis, lorsque Matteo se fut remis à respirer profondément, elle glissa lentement hors du lit. Elle attendit de nouveau, assise sur le rebord du matelas, avant de se lever et de reculer lentement vers la porte, rassemblant ses chaussures et sa robe au passage.

Elle y était presque... Ruby tourna la poignée, et se pétrifia quand la porte grinça. Mais la respiration de Matteo ne changea pas, et elle referma derrière avec un immense soulagement. Sur la pointe des pieds, elle remonta le couloir en direction du salon, ignorant les photos de séjours au ski ou sur des îles tropicales qui ornaient les murs.

Elle venait de récupérer son sac lorsqu'un bruit, derrière elle, la fit tressaillir. Matteo se tenait debout à l'entrée de la cuisine, vêtu d'un simple caleçon. Avec son début de barbe et ses cheveux en bataille, il était l'incarnation de la sensualité masculine.

— Bonjour, fit-il d'une voix rauque. Tu es déjà levée ?

Ruby remarqua alors les marques rouges qui griffaient son torse – et qu'elle lui avait faites dans les affres de la passion. Rouge de confusion, elle détourna les yeux.

— Oui. Je... j'ai beaucoup de choses à faire.

Avec un hochement de tête, son compagnon passa dans la cuisine. Il se servit un verre d'eau, but et s'essuya les lèvres d'un revers de la main, en un geste si sexy qu'elle s'arrêta un instant de respirer.

— Tu aurais dû me prévenir, répondit-il. J'aurais mis le réveil. Tu veux quelque chose ? Je vais préparer du café.

— Non, merci. Si tu pouvais juste m'appeler un taxi…

Tout en remplissant la cafetière, il lui jeta un regard curieux.

— Un taxi ? Tu ne veux pas rester prendre le petit déjeuner ? Je peux nous faire monter ce que tu veux.

— Je… je suis pressée.

Cette fois, il se figea et se retourna. Une lueur éclata dans son regard, trop fugace pour être identifiable. Presque aussitôt, un masque impassible retomba sur son visage.

— Bien sûr. Je ne veux pas te retenir. J'ignorais juste que tu étais si pressée.

— Oui, je suis désolée. J'aurais dû t'avertir que je devais partir tôt.

Matteo se contenta de hocher la tête, laissant retomber un silence toxique. Il se diffusa entre eux, pareil à un nuage empoisonné, et Ruby retint son souffle. Elle chercha quelque chose à dire, mais quoi ? C'était pire qu'un trou de mémoire sur scène.

Laisse-moi partir, songea-t-elle. *Par pitié.*

— J'ai passé une excellente soirée, reprit l'Italien, qui ne paraissait pas avoir conscience de son malaise. Et une nuit plus extraordinaire encore.

— Oui. Moi de même. Merci.

— Merci ? répéta-t-il avec un sourire sarcastique. Bon, tu vas me dire ce qui se passe, maintenant ?

Il s'avança vers elle, les mains tendues, mais Ruby se détourna et fit mine d'étudier le courrier posé en deux piles sur le plan de travail. D'un côté, les factures. De l'autre, ce qui ressemblait à une série d'invitations frappées du logo d'institutions ou d'établissement prestigieux. Il devait sortir tous les soirs de la semaine. Et, à ces occasions, rencontrer des femmes qu'il invitait à dîner avant de les ramener chez lui… Son lit ne refroidissait probablement jamais.

Elle pivota pour l'étudier de nouveau et, l'espace d'un instant, fut tentée de se réfugier dans ses bras, de nouer ses jambes autour de sa taille pour sentir son sexe durcir contre le sien. Elle n'en fit rien, car elle n'était pas sûre de pouvoir le quitter une seconde fois.

— Je… je ne peux pas, répondit-elle enfin. Je dois partir. J'ai des choses à faire.

Lentement, il laissa retomber ses mains, sans la quitter des yeux.

— Très bien. Tu n'as pas à t'expliquer. J'ai beaucoup à faire, moi aussi.

— Parfait. Peux-tu m'appeler un taxi, alors ?

Il hésita un court instant, puis décrocha le téléphone.

— Préparez la voiture, ordonna-t-il.

Derrière lui, la cafetière se mit à gargouiller.

— Tu veux boire quelque chose en attendant ? Le chauffeur sort la voiture du garage.

— Non, merci. Je patienterai en bas.

— Comme tu veux.

Le cœur serré, Ruby s'éloigna d'un pas chancelant. Sur les murs de l'entrée, les photos paraissaient se moquer d'elle. Les visages d'inconnus lui souriaient comme des clowns tristes. Elle s'arrêta devant l'ascenseur et appuya sur le bouton d'appel.

— Attends !

Matteo apparut – il avait enfilé un jean et un T-shirt. Il entra à sa suite dans la cabine, consumant instantanément, pas sa seule présence, tout l'oxygène de l'étroit habitacle. Ruby se tourna vers le miroir et fit de son mieux pour ignorer l'Italien.

— Tu n'étais pas obligé de venir, marmonna-t-elle.

— Je tiens à t'accompagner à la voiture.

Le reste de la descente se passa dans un silence oppressant, à peine troublé par le bourdonnement de l'ascenseur. Ruby baissa les yeux, car le miroir s'obstinait à lui renvoyer le reflet de son compagnon. Le satin d'une de ses ballerines, remarqua-t-elle, s'effritait. Matteo, lui, était pieds nus.

Avec une lenteur exaspérante, l'ascenseur s'arrêta enfin et les libéra. Ruby se dirigea en hâte vers les portes de verre qui la séparaient de la ville, du monde réel, un monde qu'elle était désespérée de regagner. Au dernier moment, Matteo lui agrippa la main.

— J'aimerais comprendre, tout de même... J'ai fait, ou dit quelque chose de mal ?

Seule une table de marbre chargée de fruits les séparait de la porte, vers laquelle Ruby jeta un regard désespéré. La limousine de Matteo venait de glisser le long du trottoir devant l'immeuble. Le chauffeur en descendit, ouvrit la porte arrière et patienta.

Ruby reporta son attention sur l'Italien, s'efforçant de mémoriser les détails de son visage : la petite bosse en haut de son nez, ses lèvres étonnamment sensuelles, les ridules au coin de ses yeux.

— Je suis désolée, déclara-t-elle enfin. Tu n'es simplement pas mon genre.

Son mensonge produisit l'effet escompté : Matteo tressaillit comme si elle l'avait giflé, puis recula d'un pas. Profitant de son désarroi, Ruby sortit et monta à l'arrière de la limousine. La portière claqua derrière elle, ponctuation brutale à quelques instants de bonheur.

— Personne n'est mon genre, murmura-t-elle pour elle-même, la voix brisée.

8

La salle d'attente de la clinique était lumineuse, presque joyeuse. Des magazines s'offraient en éventail sur une table basse, non loin d'une fontaine à eau dont les reflets bleutés dansaient sur le mur voisin.

En face du canapé où Ruby avait pris place, une télévision en sourdine diffusait des images de nature. Sur sa gauche, des infirmières en uniforme s'affairaient derrière un comptoir de bois.

Ruby rongeait son frein, les mains crispées sur ses genoux, attendant que son nom fût prononcé. Lorsqu'on l'appela enfin, elle tressaillit si violemment que les autres patients lui jetèrent un regard curieux. Une infirmière s'approcha, un formulaire à la main.

— Vous êtes venue seule ?

Ruby hocha la tête – pourquoi lui posait-on une telle question ? L'infirmière sourit avec douceur et reprit :

— Si vous voulez bien me suivre.

Avec d'infinies précautions, Ruby se leva. Son genou ne lui faisait plus mal. *Tout va bien se passer*, se répéta-t-elle en un mantra silencieux, tandis qu'elle suivait l'assistante dans un couloir. *Vraiment ?* susurra aussitôt la voix du doute. En général, le médecin de la troupe venait consulter à l'opéra. Or, elle avait demandé à Ruby de venir la retrouver à son cabinet. Y avait-il lieu de s'en inquiéter ? Était-ce pour lui annoncer une mauvaise nouvelle ? Ou préférait-elle simplement consulter ici aujourd'hui ? Mais si c'était le cas, pourquoi n'y avait-il pas d'autres membres de la troupe dans la salle d'attente ? Pourquoi était-elle la seule à avoir droit à ce traitement ?

— Entrez, entrez, fit son médecin, se levant lorsqu'elle arriva sur le seuil. Vous êtes seule ?

Réprimant une furieuse envie de crier que oui, elle était seule, Ruby acquiesça de nouveau. La pièce était un cube stérile, avec une unique fenêtre au fond et un bureau qui occupait presque tout l'espace. Elle prit place sur la chaise que lui indiquait le médecin, presque étourdie par les pulsations sourdes de son cœur.

— Comment va votre genou ?

— Je n'ai pas eu la moindre douleur depuis que j'ai enlevé l'attelle. J'ai suivi les séances de kinésithérapie et le régime alimentaire que vous m'avez donné à la lettre. J'ai hâte de reprendre l'entraînement.

— Et les autres douleurs dont vous vous êtes plainte ?

— Je ne sens presque plus rien.

Le médecin acquiesça avec le même sourire affable.

— Nous avons procédé à des analyses de sang, comme vous le savez, quand vous m'avez fait part de ces douleurs dans le dos.

Ruby acquiesça. Elle s'était sentie asthénique, sans la moindre énergie. Elle joignit ses genoux et regarda droit devant elle, prête à entendre le verdict. Si terrible qu'il fût, elle ne perdrait pas espoir.

— Les résultats sont clairs : vous êtes enceinte.

Elle dévisagea le praticien en silence, trop choquée pour parler. « *Enceinte* » ? D'où venait ce mot ? Quel rapport avec sa situation ?

— C'est un dépistage de routine pour les femmes en âge d'avoir des enfants.

Enceinte ?

La réalité s'imposait peu à peu à l'esprit de Ruby, cette évidence qu'elle avait ignorée malgré tous les signes. Une nausée monta du tréfonds de son ventre, et la pièce ondula fugitivement devant ses yeux.

— Je ne savais pas si vous étiez au courant. À votre expression, je suppose que non.

— Mais je suis danseuse !

— Les danseuses ont des bébés, comme tout le monde, répondit le médecin d'un ton réjoui.

— Ce n'est pas possible, dans mon cas.

— Pourquoi pas ?

Le visage de sa propre mère s'imposa à Ruby, qui se mordit la lèvre sans répondre. Comment pouvait-elle espérer élever un enfant, alors que sa seule expérience de la maternité avait été si décourageante ?

— Il est évident que la nouvelle vous prend de court. Vous avez sans doute besoin d'un soutien psychologique. Voulez-vous parler à quelqu'un du Ballet ? Ou à un ami ? Au père, peut-être ?

Le père. Matteo Rossini.

Ruby blêmit, horrifiée. Voilà ce qui se passait lorsqu'elle écoutait son cœur. Elle avait baissé sa garde avec un homme, un seul, et elle avait choisi le pire. Elle avait espéré, presque malgré elle, qu'il prendrait contact avec elle après leur nuit ensemble et son départ précipité. Il n'en avait rien fait. Plusieurs femmes avaient déjà dû lui succéder dans son lit.

Reconnaîtrait-il sa responsabilité dans ce qui s'était passé ? Il s'était protégé, ce qui avait rassuré Ruby. Mais les préservatifs n'étaient pas efficaces à cent pour cent – la preuve.

Elle tendit une main hésitante devant elle, comme pour forcer la pièce à arrêter de tourner.

— Laissez-moi vous donner quelques prospectus informatifs, reprit son médecin. Nous pouvons discuter des options qui s'offrent à vous.

Mais Ruby secoua la tête. Quelles options ? L'avenir ressemblait à un mur de granit noir, lisse, infranchissable. Il ne lui offrait pas la moindre prise, pas la moindre consolation. Elle se força à inspirer, le front baigné de sueur. Elle devait se concentrer sur l'essentiel. Lorsqu'elle fut certaine d'avoir repris le contrôle de son corps, elle se leva.

— Juste pour être sûre, je suis donc apte à danser ? Mes ligaments sont réparés ? Vous en êtes certaine ?

— Oui. Mais votre corps sera affecté par d'autres changements durant la grossesse.

Son corps allait changer ? Mais il était son seul atout, sa seule arme pour réussir ! Elle devait pouvoir compter sur lui. De nouveau, une bouffée de panique menaça de la submerger. Et de nouveau, elle respira. *Concentre-toi. Tu es arrivée jusque-là à force de courage, de discipline. Tu y es presque. Ignore la peur. Ignore les obstacles.*

— Je suis donc en parfaite santé ? demanda-t-elle en redressant la tête.

— Oui. Vous êtes également enceinte. Je vois que

vous avez du mal à le digérer, et je suis là pour vous aider.

Ruby récupéra son sac, impassible, et jeta un coup d'œil à son contenu – téléphone, portefeuille, clés, elle avait tout. Puis elle regarda sa montre – 11 h 30. Rien à faire de toute la journée.

— Merci. Je vous ferai savoir si j'ai besoin de quoi que ce soit. Quel temps merveilleux ! s'exclama-t-elle, regardant par la fenêtre derrière le médecin. Je crois que je vais me promener un peu.

Puis elle sortit, remonta le couloir, passa devant la réception et la fontaine à eau, franchit enfin les portes coulissantes qui donnaient sur un matin de soleil. Elle allait enfin reprendre l'entraînement.

Tu vas avoir un enfant.

Devait-elle appeler quelqu'un pour annoncer la merveilleuse nouvelle ? Qu'elle pouvait de nouveau danser ? Les répétitions pour la production de l'hiver prochain allaient commencer. Avec un peu de chance, elle décrocherait l'un des rôles principaux.

Décembre.

Son cœur se serra. Allons, à quoi bon se leurrer ? Elle serait grosse comme une baleine en décembre. On ne lui confierait pas le moindre rôle, en tout cas pas avant la naissance du bébé. Et que ferait-elle jusque-là ? Elle enseignerait aux petits rats. Mais après ? Comment pourrait-elle continuer à travailler si elle ne pouvait pas se payer une nounou ?

Ses pieds avançaient d'eux-mêmes, gauche, droite, gauche, droite. Elle entra dans le métro, descendit les marches, ballottée par la foule. Une chaleur infernale régnait sur le quai. Un grondement, au loin, annonça l'arrivée d'un train. Les gens levèrent les yeux vers les écrans, tout en s'éventant d'un journal ou d'une main.

Le train apparut enfin dans le tunnel, ses phares semblables à deux yeux, chassant devant lui un souffle d'air brûlant.

Ruby soupira. Il n'y avait plus, maintenant, qu'une seule chose à faire.

9

Matteo attacha consciencieusement ses boutons de manchette. Il boutonna sa chemise, hésita : cravate ou non ? Pas de cravate, décida-t-il. Une décontraction étudiée, voilà ce qu'il fallait.

Une dernière fois, il étudia son reflet dans le miroir. Il avait besoin d'aller chez le coiffeur, mais il était trop tard pour s'en préoccuper. Et il s'était coupé en se rasant. Son manque de sommeil, au moins, était dissimulé par son hâle, encore renforcé par les deux jours qu'il venait de passer sur le yacht de l'un des hommes les plus riches d'Europe. Ce dernier avait accepté de faire un don généreux à la fondation caritative de la banque, et Matteo en éprouvait une profonde satisfaction. Morale d'abord, professionnelle ensuite. Cet accord était bon pour son image. Et cette semaine, tout était question d'image.

Il prit son téléphone sur une table, fit défiler ses contacts et s'arrêta sur « Ruby, Ballet ». Il était temps de l'effacer. Il avait du mal à se concentrer depuis leur rencontre, preuve s'il en fallait qu'il devait l'oublier.

Une dernière fois, il tira sur les manches de sa chemise et franchit les portes-fenêtres qui donnaient sur la terrasse du château de la Croix. David avait bien fait les choses. Louer cette maison, qui avait autrefois accueilli les têtes couronnées d'Europe, était une idée de génie. La régate s'était passée à merveille. Dans moins d'une heure, des invités plus prestigieux les uns que les autres envahiraient ses salons et ses jardins paysagers. Les dés étaient lancés.

Dans le jardin, les derniers préparatifs battaient leur plein. Trois tentes montées sur les pelouses séparaient la piscine de la plage. Le petit port privé du château se remplissait déjà de bateaux. Le ronronnement d'hélicoptères annonçait l'arrivée de la presse, accréditée ou non – les célébrités, ce soir, seraient nombreuses. Mais L'homme qui préoccupait Matteo n'en était pas une. Augusto Arturo et son épouse Marie-Isabelle étaient au contraire connus pour leur discrétion.

Il descendit dans les jardins, surveillant les préparatifs d'un œil critique. Non loin, David donnait des instructions à un traiteur et dirigeait une armée de serveurs. En l'apercevant, son bras droit s'approcha de lui avec un sourire.

— Arturo et Marie-Isabelle seront là dans une demi-heure, annonça-t-il. Tu les recevras sur la terrasse ouest. Il y aura un magnifique coucher de soleil. Il ne te reste plus qu'à être aussi charmant qu'à ton habitude.

— Et Claudio ? Va-t-il tenter quelque chose ?

— Je ne sais pas. Le montage de tes ex paru dans les tabloïds d'hier n'était pas particulièrement flatteur. Tu crois qu'il a encore des mauvais tours en réserve ?

Matteo considéra la question en silence. Depuis

quelques semaines, quelqu'un tentait de miner sa crédibilité. Son identité n'était pas difficile à percer.

— J'ai appris à me méfier de Claudio, murmura-t-il. Peut-être qu'il s'arrêtera là, peut-être pas.

— Les photos de toi et de cette danseuse, après la première du British Ballet, n'ont intéressé personne. Il ne doit plus avoir grand-chose sous la main.

Matteo acquiesça, hanté par le souvenir de l'effroi qu'il avait lu dans les yeux de la jeune femme juste avant son départ. Lui qui avait cru connaître les femmes avait compris, ce matin-là, qu'il n'en était rien. Il avait été à deux doigts de lui proposer de la revoir, quand Ruby lui avait signifié qu'elle n'en avait pas la moindre envie.

« Vous n acquiesça, hantesac »

Il ne connaissait peut-être pas les femmes, mais il savait reconnaître un mensonge.

Secouant la tête pour chasser l'image de Ruby, il se retourna et admira le château, dont la façade s'ocrait déjà des premiers rayons du couchant. Puis il regarda l'heure sur son téléphone – plus que dix minutes avant le lever de rideau. Il était temps de se concentrer. Ce soir, tout reposait sur lui. Sa mère était en Afrique auprès d'enfants dont leur fondation assurait l'éducation. Et son père lui manquait plus que jamais.

Par réflexe, il effleura son poignet droit et referma les doigts sur sa montre, la seule chose qui avait survécu à l'accident. Il l'avait maudite bien des fois, elle qui avait continué de battre pendant que le cœur de son père s'arrêtait.

Personne ne prouverait jamais que Claudio était

responsable de sa mort. Il n'avait pas, après tout, versé la bouteille de whisky dans la gorge de son meilleur ami. Mais Claudio avait été le seul à savoir que son père était un ancien alcoolique. Le seul à connaître son talon d'Achille.

Tout avait explosé le jour des funérailles, comme une bulle fétide remontée des profondeurs d'un étang. Matteo avait vu Claudio s'avancer vers lui, main tendue, apparemment désireux d'enterrer la hache de guerre. Cette main, il avait failli la prendre.

— Ne t'approche pas de mon fils.

Sa mère s'était interposée, livide, entre les deux.

— Ne le touche pas. Tu as déjà fait assez de mal.

À cet instant, Matteo avait compris. Pour être honnête, il avait compris bien des années auparavant, mais il avait refusé de l'admettre. Ce n'était pas de sa mère que Claudio avait été amoureux. C'était de son père.

Qui était vraiment cet homme que Matteo avait toujours considéré comme un héros ? Il était sorti de ses gonds et avait frappé Claudio en plein visage. Les femmes avaient crié, les hommes s'étaient précipités pour le retenir. Claudio était parti en titubant, le visage en sang.

Oral Rossini avait été inconsolable. Après l'enterrement, elle lui avait tout avoué. La relation de son père et de Claudio était allée bien au-delà d'une simple amitié. Mais leur couple y avait survécu.

Puis il y avait eu le retour à St. Andrews, l'impatience de revoir Sophie pour tout lui confier, pour partager ce fardeau avec elle. Chose que Matteo n'avait pas pu faire, puisqu'il l'avait trouvée nue dans les bras d'un autre. Où qu'il regardât, il ne voyait plus que le spectacle de la trahison. Rien n'était sacré, rien n'était durable. L'amour ? Une vaste plaisanterie. Une invention littéraire.

— Matteo ?

— Hmm ? fit-il en se tournant vers David.

— Tu devrais peut-être aller accueillir tes invités.

La mine sombre, Matteo acquiesça. Si une vengeance était possible, c'était maintenant.

— Allons-y.

D'un pas décidé, il traversa la pelouse en direction du château, s'arrêtant régulièrement pour serrer des mains, embrasser des femmes couvertes de bijoux hors de prix. Ses invités rayonnaient – la Banca di Rossini était donc une valeur montante, si l'on se pressait à l'une de ses soirées. C'était exactement ce que son père aurait voulu. Ils jouaient maintenant dans la cour des grands. En apparence en tout cas, car Matteo était certain d'une chose : la victoire ne serait complète que lorsqu'ils auraient fusionné avec Arturo Finance.

Il prit un verre d'eau sur un plateau, en but la moitié, le reposa, serra la main d'un homme et de sa compagne – il reconnut le maire de la ville. D'un geste, il appela un groupe de jeunes qui avaient participé à la régate, les présenta à l'édile, posa en souriant de toutes ses dents pour une photo de groupe. En arrière-plan, David lui fit le signe qu'il attendait : Augusto et Marie-Isabelle venaient d'arriver. Une bouffée d'angoisse le saisit, mais il la repoussa aussitôt. Arturo ne serait pas venu si la perspective d'une fusion ne l'intéressait pas.

En hâte, il traversa la villa et émergea sur le perron

de l'autre côté. Augusto Arturo venait de descendre de voiture en bas des marches. Le vieil homme aida sa femme à mettre pied à terre, puis lui offrit son bras.

Matteo aperçut alors, tandis que le couple montait lentement vers lui, un éclat rouge qui raviva une émotion sourde, profondément logée dans son subconscient. Il reporta son attention sur Augusto et sa femme, qui semblaient monter au ralenti, puis sur David. Ce dernier, sourcils froncés, s'était tourné vers un coin du jardin, où une certaine agitation régnait autour de la silhouette en rouge. Cette fois, Matteo se tourna franchement vers elle. Là-bas, entre deux agents de sécurité, vêtue de cette robe rouge qu'il lui avait ôtée avec tant de plaisir, se tenait… *Ruby* ?

Son cœur se logea dans sa gorge. Que faisait-elle là, au moment le plus important de sa vie ? Avait-elle l'intention de faire une scène ?

En une fraction de seconde, il comprit la situation. Les deux gardes essayaient de lui expliquer qu'elle ne pouvait pas entrer sans invitation. Mais ils reculaient devant elle sans oser la toucher, subjugués par son élégance et sa détermination. Leurs regards se croisèrent, et Matteo lut une supplique silencieuse dans celui de Ruby. En une fraction de seconde, David fut à côté de lui.

— Tu veux que je m'en occupe ? lui glissa-t-il à l'oreille.

Augusto, auquel rien n'échappait, semblait analyser la scène avec attention – son épouse et lui n'étaient plus qu'à deux marches. Matteo savait qu'il n'aurait pas de seconde chance. Tout devait être parfait.

Il retint David d'un signe et s'avança vers ses invités, bras ouverts et sourire aux lèvres.

— Quel plaisir de vous accueillir ce soir !

Du coin de l'œil, il vit Ruby approcher sur le côté, encadrée par les deux gardes.

— Je pourrais te parler, Matteo, s'il te plaît ? demanda-t-elle d'une voix claire.

— Ruby, ma chérie ! s'exclama-t-il. Te voilà enfin !

Marie-Isabelle sourit mais Arturo plissa les yeux, comme si cette joie factice ne le trompait pas. Les pupilles de Ruby flamboyaient d'un message que Matteo ne comprenait pas. Il savait juste qu'il ne voulait pas le partager avec le reste du monde. D'une seule phrase, elle pouvait le ruiner, démolir l'édifice qu'il bâtissait depuis des mois. Avec la réputation que la presse lui avait faite, une nouvelle maîtresse mécontente lui porterait le coup de grâce.

— Si vous voulez bien m'excuser quelques instants, dit-il à ses invités. David va vous conduire à la terrasse. Je n'en aurai pas pour longtemps.

— Invitez donc cette charmante jeune femme en rouge. Ce n'est pas avec elle que vous étiez au British Ballet le mois dernier ? Nous avons vu des photos dans la presse. Je serais enchanté de la rencontrer. Pas toi, ma chérie ?

— Absolument.

— Quelle excellente idée ! s'exclama Matteo sans ciller. À tout de suite.

Tandis que David entraînait ses hôtes, il s'approcha de Ruby et lui prit la main. Elle le suivit en silence, sans hésiter, jusqu'à un petit salon un peu à l'écart. Matteo referma soigneusement la porte ouvragée derrière eux. Puis il s'approcha des grandes fenêtres pour s'assurer que personne ne les espionnait depuis l'extérieur.

— Comment savais-tu que j'étais là ? demanda-t-il enfin.

— Tu n'es pas très difficile à trouver.

— Non, bien sûr. Tu sais donc que c'est la plus grande régate que nous ayons organisée. Ma mère est en Afrique, tout repose sur mes épaules, ce soir.

Il fronça les sourcils, baissa les yeux et reprit :

— Comment va ton genou ?

— Bien. Je danse de nouveau. Pour le moment.

— Ravi de l'apprendre. Cette robe te va à merveille...

— C'est la seule que j'aie, répondit la jeune femme avec un haussement d'épaules. J'ai pensé qu'il valait mieux faire un effort vestimentaire si je voulais m'inviter de force dans cette soirée.

— Tu n'avais pas à t'inviter de force. Il t'aurait suffi de...

— Je suis enceinte, lâcha brusquement Ruby.

— Tu es *quoi* ?

Une vision s'imposa aussitôt à son esprit : Ruby, arrondie par la grossesse, ses formes magnifiées par la vie qui grandissait en elle. Mais en quoi était-il concerné ? Cet enfant ne pouvait pas être de lui.

— Il est de toi, renchérit-elle comme s'il avait exprimé ses doutes à voix haute.

— Je... C'est impossible... Tu es sûre ? Enceinte ?

Matteo se laissa tomber sur une chaise, se passa les deux mains dans les cheveux, se releva et se mit à arpenter la pièce. Ruby, pendant ce temps, le suivait d'un regard impassible.

— Mais comment... J'étais...

De nouveau, il s'interrompit pour se rendre dans un cabinet de toilettes attenant au salon, où il s'aspergea le visage d'eau froide. Il fixa ensuite son reflet, abasourdi.

Enceinte ? Il allait être père ? Non, non, *non*. Ce n'était pas le moment. Il n'avait même pas atteint le but de sa vie : redorer le blason de la banque familiale. Fonder une famille à un moment aussi crucial ? C'était hors de question.

Lorsqu'il regagna le salon, Ruby se tenait au même endroit. Ses épaules étaient droites, alliance de douceur et de tonicité. Les poignets croisés sur son ventre, elle l'étudiait d'un air plein de morgue. Il allait maintenant être lié pour la vie à une femme qu'il connaissait à peine.

Bon sang, qu'avait-il fait ?

Puis il se rappela qu'Augusto l'attendait. Augusto Arturo, sa seule chance de redonner à Casa di Rossini ses lettres de noblesse. Il devait se calmer, et mettre son plan à exécution avant qu'il ne soit trop tard. C'était sa dernière chance d'éviter le naufrage.

— À qui l'as-tu dit ? Je dois savoir ce qui m'attend. La presse est au courant ?

Il voulut saisir Ruby par le bras, mais elle l'esquiva d'un pas en arrière.

— La presse ? C'est la première chose à laquelle tu penses ?

— Bien sûr que non, ce n'est pas la première chose à laquelle je pense ! Mais les journalistes sont là. Ils vont s'en donner à cœur joie.

— La nouvelle finira par se savoir. Et si tu fuis tes responsabilités, c'est là que tu auras un problème.

— Je n'ai pas l'intention de fuir mes... *responsabilités.*

Mais des responsabilités, il en avait de plus pressantes. Il devait absolument rejoindre le couple Arturo.

— J'ai besoin de garanties, déclara Ruby. Je ne veux pas que tu disparaisses et que tu me laisses élever cet enfant seule.

Derrière sa façade assurée, Matteo perçut enfin la panique qui la tenaillait. Elle se débattait sans doute depuis des semaines avec cette nouvelle. Mais elle avait vraiment mal choisi son moment pour lui en faire part. Ou alors, elle l'avait parfaitement choisi, si elle voulait lui nuire.

— Une chose à la fois, Ruby. Je digère la nouvelle. Et je suis en train de travailler sur la fusion du siècle avec une autre banque. Tu ne peux pas débarquer ici, lâcher une telle bombe et me demander de tout plaquer pour me consacrer à toi, comme si tout allait bien.

— Comme si tout allait bien ? Mais rien ne va ! J'étais censée reprendre la danse. C'est un véritable désastre. Je ne peux ni m'entraîner ni me produire sur scène. Je vais rater la production de l'hiver prochain. Et qui sait ce qui se passera ensuite ?

— Nous allons en parler calmement. Mais pas maintenant.

— Je n'ai jamais voulu d'enfant, poursuivit-elle comme s'il n'avait rien dit. Je ne voulais même pas coucher avec toi. C'est une catastrophe.

— Ruby, je suis désolé, murmura Matteo, choisissant ses mots avec soin. Mais ce n'est pas ce qui s'est passé. Tu *voulais* coucher avec moi. Tu ne peux pas réécrire l'histoire et prétendre que je t'ai forcé la main.

— Peut-être, concéda-t-elle avec une grimace. Ce qui ne change rien au fait que ma vie est finie, à cause d'une simple bêtise.

Un regain de fierté fouetta Matteo. Jamais une femme ne l'avait décrit comme « une erreur ».

— Ta vie n'est pas finie, répliqua-t-il froidement. Nous parlons d'un enfant, de *mon* enfant. Mais on m'attend, et je dirige toujours une banque. Nous discuterons de tout cela plus tard, entre adultes.

— Ne me traite pas comme une idiote. Je sais bien que nous parlons d'un enfant. Mais le fait que tu préfères me laisser pour parler affaires en dit long.

Matteo, au même moment, sentit son téléphone vibrer dans sa poche. Il l'ignora, ébranlé par la douleur qui se lisait dans les yeux effilés de Ruby. Un éclat de rire étouffé monta des jardins, accompagné de notes de musique.

— Je ne t'abandonnerai pas, s'entendit-il dire. Ma famille est sacrée. Mais j'ai des problèmes urgents à régler...

Son téléphone se remit à vibrer – il ne pouvait s'agir que de David. Il décrocha enfin.

— Nous avions bien dit terrasse *ouest* ? s'enquit son assistant d'un ton inquiet.

— Oui, oui. Je suis là dans deux minutes.

Puis il raccrocha et reprit :

— Je dois y aller. David s'occupera de toi. Nous discuterons de tout ça dès que j'en aurai fini avec les Arturo. Donne-moi juste un peu de temps.

— J'ai le choix ?

— Non.

Sans attendre sa réponse, il tourna les talons. Puis, affichant un sourire factice, il se dirigea vers la terrasse. Ses invités l'y attendaient, Marie-Isabelle une flûte à la main, penchée sur l'épaule de son mari. Tous deux regardaient le disque orange du soleil sombrer dans une mer indigo.

— Beau spectacle, n'est-ce pas ? fit-il remarquer, se demandant où il trouvait la force de prononcer de telles banalités.

— En effet, répondit Augusto. C'est une soirée où parler d'amour, pas d'argent. Où est donc votre jeune amie ? C'est avec elle que vous devriez passer du temps, pas avec des vieillards tels que nous.

Matteo le dévisagea, rongé par la culpabilité. Si Augusto soupçonnait la réalité de sa relation avec sa « jeune amie », c'en serait fini de leur avenir commun. Il se tourna vers la marina, vers les couples qui flânaient dans les jardins, les silhouettes qui se déhanchaient déjà sur la piste de danse sous la tente la plus éloignée de la maison. Tous ces gens étaient là pour prendre du bon temps. Matteo leur enviait leur insouciance. Il n'avait rien demandé, après tout. Cette banque, cette vie... On ne lui avait pas laissé le choix. Et s'il décidait de tout abandonner ? Le monde continuerait de tourner, non ? Personne n'en mourrait.

— C'est une soirée très réussie, déclara soudain Augusto.

Il déglutit et se força à revenir à la réalité. Abandonner ? Il n'en était pas question. Trop de monde dépendait de lui. Sa mère. David, son loyal bras droit. Les employés de la banque, ceux de leurs fondations. Et maintenant, un bébé à naître.

— Oui, répondit-il malgré sa gorge sèche. La régate était très réussie.

— Vous étiez un sportif de haut niveau vous aussi, n'est-ce pas ? s'enquit le vieil homme. On m'a dit que vous ne vous destiniez pas à la banque, au départ.

Matteo fronça un sourcil méfiant. Comment Augusto savait-il cela ? Puis il comprit qu'il passait, l'air de rien, une forme d'épreuve. Il ralluma son sourire.

— Je jouais au rugby. Il y a longtemps.

— Mais vous êtes sûr que la banque est votre passion, désormais ? Vous ne pouvez pas exercer ce métier sans vous y consacrer corps et âme. Ou alors, vous ne serez jamais guère plus qu'un gestionnaire.

Du coin de l'œil, Matteo étudia le vieux renard, son visage craquelé de rides, ses mains couvertes de taches de son. Comment avait-il pu si facilement pénétrer son âme, comprendre que Matteo redoutait de ne pas aimer assez la banque ? Qu'il soupçonnait que c'était peut-être à cause de cette désaffection que Casa di Rossini n'avait pas encore remonté la pente ?

Incapable de répondre, il se tourna vers l'horizon. Augusto poursuivit :

— Parce que nous savons tous deux que celui qui reprendra ma banque devra en être digne. Je ne veux pas d'un dilettante, ou d'un simple comptable.

C'était le moment crucial. Soit Matteo haussait les épaules et tournait les talons, soit il plongeait pour de bon.

— Je n'ai rien de plus cher au monde que la Casa di Rossini, dit-il enfin d'une voix lourde d'émotion.

Et je crois que la synergie de nos deux noms nous permettra de faire de grandes choses.

Le vieil homme le dévisagea longuement – Matteo fit de son mieux pour s'offrir sans ciller à cet examen. Enfin, Augusto acquiesça.

— Je crois que vous avez raison. Venez nous rendre visite à Lake House dans quinze jours.

Matteo éprouva un tel soulagement qu'il faillit s'effondrer.

— Et amenez votre jeune amie. Nous aimerions faire plus ample connaissance. Mais attention, nous sommes vieux jeu. Vous n'êtes pas mariés, vous devrez donc faire chambre à part !

— Avec plaisir, fit Matteo, se retenant de justesse de grincer des dents.

— Parfait. À présent, ma femme et moi allons vous laisser vous amuser entre jeunes gens.

Matteo serra la main du vieil homme, souriant de toutes ses forces malgré la gangue de glace qui emprisonnait son cœur.

Mariage...

Grossesse...

La situation se compliquait bien au-delà de ses pires cauchemars. Il était à deux doigts de perdre le contrôle de la situation. Mais rien n'était encore joué. Tout ce qu'il avait à faire, c'était convaincre Ruby de jouer le jeu.

Il regarda les Arturo s'éloigner, puis tourna les talons et rentra en hâte dans le château. C'était *maintenant* que tout se jouait.

10

Mais que faisait Matteo ? Cédant à son impatience, Ruby s'approcha de la fenêtre. Le couple qui était arrivé en même temps qu'elle venait de monter dans une limousine en bas des marches. Matteo leur adressa un signe de la main et les regarda s'éloigner, une épaule calée contre un pilier de marbre.

— C'est ton père, murmura-t-elle, une main sur le ventre, à l'enfant qui grandissait en elle. Ton père que je connais à peine… Je suis désolée, mon ange. Nous n'avions pas prévu ça… Mais nous ferons au mieux, je te le promets. Je veillerai à ce qu'il ne t'abandonne pas.

Tandis qu'elle le fixait, Matteo leva soudain les yeux vers elle. Leurs regards se croisèrent, et Ruby sentit une étrange sensation se déployer en elle. L'Italien pivota lentement pour la fixer pendant que trois, quatre, cinq longues secondes s'écoulaient. Puis, sans crier gare, il disparut dans la maison.

Comme délivrée d'un sort, Ruby se mit en mouvement. Elle refusait de continuer à se terrer dans cette pièce. Elle allait descendre, se mêler aux invités et le retrouver avant qu'il ne s'avise de parler affaires avec quelqu'un d'autre, ou que l'une de ses admiratrices ne lui mette le grappin dessus. Elle ne le laisserait pas l'ignorer sous prétexte qu'il n'avait pas envie d'avoir un enfant.

Elle ouvrit la porte d'un geste sec et se jeta presque dans les bras de Matteo, qui arrivait en sens inverse. Dans le même mouvement, il referma une main sur son bras et pivota.

— Partons d'ici.

Stupéfaite, Ruby tituba à sa suite le long du couloir, tentant de conserver son équilibre. Tout en marchant, il décrocha son téléphone.

— David, j'ai besoin d'un canot. Prévois des vêtements et de quoi manger. Et surtout, qu'on ne nous dérange pas.

Après avoir raccroché, il annonça :

— Nous sortirons par la porte de service.

— Nous... Pourquoi ? Que se passe-t-il ?

Matteo lui jeta un regard de côté, visiblement surpris par la question.

— Tu voulais parler, non ? C'est ce que nous allons faire. Sans oreilles indiscrètes, en pleine mer.

Ses yeux sombres ne trahissaient rien de ses intentions, mais une énergie presque palpable émanait de lui. Il allait prendre le taureau par les cornes, elle le pressentait. Contrairement à ce qu'elle avait d'abord cru, il n'essayait pas de fuir.

— Tu as des affaires à récupérer ? s'enquit-il.

— Non. Je n'avais pas prévu de m'attarder. C'est tout ce que j'ai.

— D'accord. Si tu as besoin de quelque chose, David s'en chargera. Tu es prête ? Parce qu'il va falloir t'habituer à ce genre de vie.

Glissant un bras autour de ses épaules, il l'entraîna à l'extérieur. Ruby garda les yeux baissés, rivés sur ses pieds le long d'une succession de pelouses et de sentiers de gravier blanc. Elle ne les releva que lorsqu'ils atteignirent une jetée où les attendait un canot à moteur. D'un bond souple, l'Italien monta à bord.

— Enlève tes chaussures et saute.

Le cœur battant, Ruby étudia les planches mouillées du ponton, puis l'eau sombre qui la séparait de l'embarcation.

— Vite, l'encouragea-t-il. Avant que nous n'attirions l'attention.

— Je… j'ai peur de l'eau, marmonna-t-elle, ignorant la main qu'il lui tendait. Je ne nage pas bien.

À son grand soulagement, Matteo ne se moqua pas d'elle.

— Tu n'as rien à craindre. Enlève juste tes chaussures, les talons sont dangereux sur un bateau. Donne-les-moi. Voilà… Ouvre les bras, maintenant.

Il se pencha, emprisonna sa taille entre ses mains puissantes, puis la souleva sans effort apparent. Le canot se balança un peu, mais Matteo était solide comme un roc. Plaquée contre lui, elle ressentit de nouveau ce magnétisme animal qui l'avait poussée dans ses bras, avec des conséquences désastreuses.

Après l'avoir aidée à enfiler un gilet de sauvetage, il défit l'amarre et lança le moteur. D'une main sûre, il guida l'embarcation parmi les bateaux ancrés dans la baie. Lorsqu'ils atteignirent enfin le large, Matteo accéléra. Une écume salée fouettait les bras nus de

Ruby. Elle coula un regard vers son compagnon, mais il avait les yeux rivés sur l'horizon.

— Où allons-nous ? demanda-t-elle lorsqu'ils dépassèrent une pointe rocheuse, et qu'un énorme bateau blanc apparut à l'horizon.

— Là-bas, répondit-il en désignant le yacht. Nous n'y serons pas dérangés.

À vitesse réduite, il s'approcha de la plage arrière du navire. Avec la même habileté, il sauta à bord du yacht et congédia d'un geste autoritaire l'équipage qui venait d'apparaître. Ruby prit la main qu'il lui tendait, sans hésiter cette fois, et le suivit le long d'une coursive jusqu'au pont supérieur. Une table y avait été dressée pour deux. Une guirlande lumineuse, le long du bastingage, prêtait à la scène une atmosphère complice.

— C'est pour nous ? demanda-t-elle, bouche bée.

Avec un hochement de tête, l'Italien appuya sur un bouton. Le toit, au-dessus de leurs têtes, coulissa dans un ronronnement électrique, révélant l'un des mâts du navire. Un drapeau flottait au sommet, baignant dans les étoiles qui scintillaient sur un ciel d'encre. Le cliquetis des haubans se mêlait, hypnotique, au martellement distant de la musique venue de la côte.

Ruby cligna des yeux, abasourdie. Elle s'était préparée à une dispute. À des accusations, peut-être même à une tentative d'acheter sa discrétion. À tout, sauf à une soirée romantique ! Peut-être s'agissait-il d'un piège de Matteo pour l'adoucir. Elle prit enfin place sur la chaise qu'il lui offrait, résolue à se méfier. Matteo s'installa face à elle, avec une grâce qu'elle trouvait encore, bien malgré elle, infiniment séduisante.

— Bien, déclara-t-il après quelques secondes. Les sujets de conversation ne manquent pas. Mais nous avons tout le temps. Je suggère donc de ne pas nous presser. Profitons de ces quelques instants pour refaire connaissance, si ça te convient.

Il lui servit un verre d'eau, un sourire affable aux lèvres. Mais son affabilité, Ruby s'en moquait. Elle avait besoin de décisions concrètes.

— Ça me convient, repartit-elle sèchement, tant que tu te rappelles que je ne suis pas là pour dîner et danser.

— Oh ! je le sais très bien, rassure-toi. Je pense juste qu'il est inutile de nous précipiter. La colère est mauvaise conseillère. Je n'aborde jamais une discussion sérieuse sans préparation.

— Parce que parler de la pluie et du beau temps fera une différence, à ton avis ?

— Nous ne sommes pas obligés de parler de la pluie et du beau temps. Mais je suppose que tu as faim et que tu es fatiguée ? Il y a plein de place sur le bateau. Tu pourras y passer la nuit. Ce serait préférable, dans ton état.

Sa componction, son air patient et ses mains jointes sous son menton firent sortir Ruby de ses gonds.

— Ne me traite pas comme une invalide. Mon *état*, comme tu dis, n'est pas une maladie. J'ai survécu aux dernières semaines et aux nausées matinales sans ton aide.

Matteo accueillit sa rebuffade en silence, la mine grave. Après de longues secondes, il acquiesça.

— Bien sûr, je suis désolé. J'aurais dû y penser. Non seulement il t'a fallu digérer la nouvelle, mais tu en as souffert physiquement. J'ai encore beaucoup à apprendre.

Ruby le dévisagea, déroutée. Cette humilité inattendue ne fit qu'attiser sa colère.

— Ne t'en fais pas, ironisa-telle, les désagréments physiques ne concernent que moi. Tu ne risques rien.

— Je voulais juste dire que je compte t'accompagner pendant cette grossesse. Et pour bien faire, j'aurai besoin d'apprendre.

— Tu veux... m'accompagner ? répéta-t-elle, ahurie.

— Oui. Mais il est inutile de nous précipiter, je le répète. Tu dois avoir faim, non ?

Tout en parlant, il souleva le dôme argenté qui, au milieu de la table, couvrait un plateau d'huîtres luisant dans leur coquille.

— Je ne peux pas manger d'huîtres, annonça Ruby dans un soupir. Je ne peux pas boire de vin ni manger de nombreux fromages. Et la crème me rend malade. La sauce soja aussi.

Sans un mot, Matteo reposa sa serviette, se leva et contourna la table. Elle leva la tête vers lui, surprise.

— Tu vois ? C'est exactement le genre de choses que je dois apprendre si je veux veiller sur toi.

Telle une marionnette, Ruby prit la main qu'il lui offrait. Elle perçut la chaleur qui irradiait de son corps, sa présence sûre et rassurante. Comment s'étonner d'avoir, quelques semaines plus tôt, perdu si complètement la tête entre ses bras ?

— Laisse-moi te conduire à ta cabine. Je te ferai apporter des plats que tu peux manger. Qui ne te feront pas de mal, et au bébé non plus.

Ruby, à son grand dam, se sentit sombrer vers lui,

comme attirée par une irrésistible force magnétique, une puissance aussi élémentaire que le lever et le coucher du soleil. Mais elle ne pouvait plus se permettre d'y succomber. Elle devait conserver toute sa lucidité. Matteo se servait de nouveau de sa faiblesse – à dessein ou non – en la rendant dépendante.

Elle secoua la tête, prête à résister, mais l'épuisement eut raison d'elle. Elle était debout depuis des heures. Elle n'avait presque pas dormi la nuit précédente. Le stress, les émotions, émoussaient sa combativité, et ses protestations se perdirent dans un immense bâillement.

— Ça suffit, dit Matteo. Demain, tu prendras toutes les résolutions que tu veux. Mais pour le moment, c'est moi qui décide. Tu vas te coucher.

Sans lui laisser le temps de répondre, il la souleva dans ses bras. Ruby s'abandonna sans résister, en proie à un délicieux alanguissement. Le cœur de Matteo battait un rythme sourd et régulier tout près du sien. Elle ferma les yeux sur un soupir de soulagement, et ne les rouvrit que lorsqu'il la déposa sur un lit moelleux.

Une cabine se devinait dans la pénombre, décorée de meubles de bois précieux et de touches de rose pâle. À travers une brume de bien-être, Ruby sentit Matteo faire glisser la fermeture de sa robe. Là encore, elle ne protesta pas. Elle se blottit en culotte sous une couette légère comme un nuage, d'une douceur de satin.

Avant de sombrer tout à fait, elle songea que ses

défenses se délitaient déjà sous les assauts de Matteo. Si elle n'y prenait garde, elle ne lui résisterait sans doute plus très longtemps.

Puis tout devint noir.

11

Pour son dix-huitième anniversaire, Matteo avait reçu de son père un stylo plume. Il s'en était servi une première fois pour signer le bail de son appartement d'étudiant. Il avait alors eu l'impression d'entrer, par cet objet symbolique, dans le monde des adultes. Il ne le sortait plus, désormais, que pour signer d'importants contrats.

Ce soir, il avait fait une exception. Avec une grimace, il changea de position dans le fauteuil qu'il occupait depuis six longues heures. Le siège était confortable pour une personne normale, pas pour un ex-rugbyman d'un mètre quatre-vingt-quinze. Mais il refusait de le quitter tant que Ruby, qui dormait à moins d'un mètre de lui, ne s'était pas réveillée.

Il ouvrit son carnet de notes, choisit une page vierge et tira un trait au milieu pour la séparer en deux colonnes : l'une réservée à tout ce à quoi il devrait renoncer, l'autre aux nouveautés.

En tête de la première liste, l'alcool. Plus question d'en boire. Pas parce qu'il avait un problème – il ne s'autorisait qu'une bière le vendredi soir pour prouver qu'il était capable de modération – mais parce qu'il redoutait d'en avoir un jour. Qui savait si l'alcoolisme de son père n'était pas héréditaire ? Il étudia le visage paisible de Ruby et se jura de ne jamais les faire souffrir, leur enfant et elle.

Le jeu, ensuite. Là encore, il se moquait de ne plus jamais mettre les pieds dans un casino, tant qu'il s'arrangeait pour continuer à voir ses amis. Il aimait le sentiment de camaraderie qui les unissait, leur rivalité amicale. Au fond, si quelque chose lui manquait vraiment, c'était le rugby. Le dépassement de soi, la compétition, la troisième mi-temps… Mais il n'était pas question de replonger dans le passé.

Ruby gémit dans son sommeil, et il se pencha vers elle. Ses cheveux de jais étaient étalés sur l'oreiller, ses bras presque aussi pâles que les draps. Il distingua la trace d'une piqûre au creux de son coude, ainsi que quelques grains de beauté qui, loin de constituer des imperfections, la faisaient paraître plus sublime encore.

Matteo se frotta les yeux, en proie à un mélange de fatigue et d'excitation. Il n'avait jamais éprouvé un tel sentiment de responsabilité de sa vie entière. Il devait veiller sur Ruby, la protéger. Revenant à son carnet, il tourna la page et écrivit :

« *Mariage ?* »

Puis il fixa le mot. Ces quelques lettres lui donnaient l'impression d'avoir vieilli de dix ans. C'était un mot lourd de maturité, de don de soi, un miroir qui le forçait à affronter la vacuité de ces dernières années. Lui, le play-boy qui se targuait de ne jamais s'engager, que pouvait-il bien offrir à une femme comme Ruby ?

Le visage de Sophie apparut dans son esprit. Il avait été profondément blessé par sa trahison, mais il était temps de refermer ce chapitre de sa vie. L'affaire remontait à sept ans. Ruby était là, *maintenant*. L'idée de mariage lui déplaisait peut-être, mais supporterait-il que son enfant soit élevé par un autre, à des centaines de kilomètres de chez lui ? Parce que, s'il n'épousait pas Ruby, un autre le ferait.

Il regarda sa montre, épuisé. Il était presque 6 heures, elle allait bientôt se réveiller. Sur son carnet, il écrivit :

« Maison ? »

La réponse à cette question dépendait de la précédente. S'ils se mariaient, où vivraient-ils ? À Londres ? Était-ce le meilleur endroit pour élever un *bambino* ? Et qu'en serait-il de la carrière de Ruby ? Danser signifiait partir en tournée. Fallait-il prévoir plusieurs résidences en différents points de la planète ?

Ses propres parents, après tout, avaient mené des vies parallèles. La chose était donc possible. Mais malgré les démons de son père, ils ne s'étaient jamais séparés. Étaient-ils restés ensemble pour Matteo ? Pour la banque ?

Il posa sa tête dans sa main, tenté par le sommeil et par l'oubli. Comme il aurait voulu pouvoir s'allonger près de la jeune femme… Mais il savait que s'il le faisait, il ne serait plus question de dormir. Bon sang, comment en était-il arrivé là ? C'était une complication dont il se serait volontiers passé. Et il n'avait même pas encore réglé l'affaire de la fusion avec Arturo…

— Quelle heure est-il ?

Matteo tressaillit. Ruby le dévisageait, appuyée sur

ses coudes. Cheveux dans les yeux, les joues encore roses de sommeil, elle était belle à croquer, et il sentit son cœur se serrer.

— 6 heures passées, répondit-il d'une voix rauque.

Puis il lui indiqua le plateau qu'il avait déposé quelques instants auparavant sur sa table de chevet.

— Tiens, je t'ai préparé des toasts et du café.

— D'accord… Merci.

— C'est pour t'éviter les nausées matinales. J'ai pas mal lu sur le sujet. Il faut manger quelque chose de fade dès le réveil.

— Tu t'es renseigné sur les nausées ?

— Entre autres choses, oui.

— Vraiment ? Qu'as-tu découvert d'autre ?

Elle s'était assise tout en parlant, et le drap glissa pour révéler sa poitrine nue.

— Tes seins, déclara-t-il avec aplomb. Ils risquent d'être douloureux. Ils vont grossir.

— Ce ne sont pas tes affaires, marmonna Ruby.

Mais elle ne se couvrit pas pour autant, nota-t-il. Et lui ne détourna pas le regard.

— Je répète ce que j'ai appris, c'est tout. Mais puisque nous parlons de tes seins, j'ajoute que je les trouve magnifiques.

Le silence, dans la cabine, se fit assourdissant, à peine troublé par les craquements de la coque et les battements de son cœur. L'air semblait s'être épaissi. La jeune femme respirait lourdement, et Matteo vit ses tétons bourgeonner sous ses yeux.

Il hésita, luttant contre un début d'érection. Il brûlait d'envie de l'attirer à lui, de perdre ses lèvres sur son corps. Il rêvait d'elle depuis des semaines et elle était là, presque nue, tel un fruit mûr et juteux prêt à être cueilli pour étancher sa soif.

Pas encore, lui souffla la voix de la prudence. *Prends ton temps. Elle est vulnérable. Regarde ce qui s'est passé la dernière fois. Ce n'est pas de sexe dont vous avez besoin. C'est de parler.*

Rougissant sous l'examen sensuel auquel il la soumettait, Ruby tira soudain le drap jusqu'à son menton.

— Si ça ne te dérange pas, j'aimerais me préparer...

Il se leva aussitôt, et se détourna pour cacher la bosse qui déformait son pantalon.

— Bien entendu. Je t'attendrai sur le pont. David a apporté des vêtements. Choisis la tenue qui te plaira.

Puis il se pencha, récupéra son carnet et son stylo plume, et fit deux pas vers la porte. Sur le seuil, il s'arrêta une dernière fois.

— Dès que tu seras prête, nous discuterons.

12

— Par ici.

Ruby émergea sous un ciel d'azur pâle, guidée par la voix de Matteo. À l'horizon, le bleu se faisait indigo, traversé d'éclats de soleil qui rebondissaient sur les flots et fusaient comme des faisceaux laser. Il n'y avait pas le moindre bout de terre en vue. Matteo se tenait sur le pont supérieur, douché et changé. Un T-shirt blanc moulait son torse athlétique, un jean taille basse, ses longues jambes.

— Tu es ravissante, observa-t-il, tendant la main pour l'aider à grimper la courte échelle.

Pour une fois, Ruby était prête à le croire. Elle avait découvert une merveilleuse garde-robe de sous-vêtements de satin et de robes d'été, qu'elle avait essayées avec le ravissement d'une gamine enfermée dans un magasin de bonbons.

— Tu as bu ton thé et mangé ta tartine ? Il te reste un peu de place ?

D'un geste, il désigna une petite table dressée au milieu du pont. Elle était couverte de fruits frais, de viennoiseries, de pains variés et de confitures artisanales. Ruby se rendit compte qu'elle mourait de faim, mais elle ne voulait rien accepter de Matteo avant d'avoir eu une discussion sérieuse avec lui.

— Où sommes-nous ? Où est passée la côte ?

— Les bateaux ont la fâcheuse habitude de bouger quand on lève l'ancre, fit l'Italien en souriant.

Voyant qu'elle ne se déridait pas, il ajouta :

— Nous sommes à l'abri des regards indiscrets. La Côte d'Azur n'était pas le lieu idéal pour ça. Ici, nous serons tranquilles. Je ne voulais pas prendre le moindre risque.

Ainsi, elle avait vu juste : il essayait d'étouffer toute l'affaire. Une alarme retentit dans l'esprit de Ruby.

— Je n'ai pas l'intention de me cacher, Matteo. Tu ne me garderas pas prisonnière d'un bateau pendant sept mois.

— Qui a parlé de te garder prisonnière ? Tu as vu tous les journalistes qui étaient là hier soir ? Je n'ai aucune envie qu'ils mettent leur nez dans ma vie privée, et je suis sûr que toi non plus. Ce qui nous arrive est trop important.

— Il nous arrive que nous allons avoir un enfant, répondit-elle d'une voix où perçait un accent de panique.

Elle s'en voulut aussitôt mais après tout, qu'y pouvait-elle ? Elle *était* paniquée. Matteo dut s'en apercevoir, car il lui adressa un sourire rassurant, lui mit une main sur l'épaule et la guida vers la table.

— Oui, nous allons avoir un enfant. Et nous allons en discuter. Puis, lorsque nous serons prêts, nous l'annoncerons au monde entier. Pas avant. J'ai plusieurs fers au feu et je ne veux pas tout mélanger, c'est tout. C'est raisonnable, non ?

— Je suppose, concéda-t-elle, apaisée par le ton de sa voix et par le clapotis de l'eau contre la coque.

Il avait raison – à quoi bon précipiter les choses ? Matteo ne semblait pas vouloir se défiler. Il n'avait pas tenté de nier sa responsabilité, ne l'avait pas accusée d'avoir couché avec un autre homme après lui. Il ne s'était pas davantage enfui. Il avait même veillé sur son sommeil toute la nuit sans tenter de profiter de sa faiblesse.

Ruby relâcha lentement l'air qu'elle retenait dans ses poumons. Le spectacle de l'horizon, voilé par une brume de chaleur, la calmait peu à peu.

— Mange quelque chose.

Après une dernière hésitation, elle beurra un morceau de pain complet, remplit un bol de framboises et un verre de jus de fruits frais, puis se mit à dévorer avec appétit, ne s'interrompant que pour prendre de petites gorgées de thé. Quand elle releva les yeux entre deux bouchées, Matteo la dévisageait, bras croisés et sourire aux lèvres.

— J'adore te regarder manger, déclara-t-il. On dirait un nuage de sauterelles.

Ruby fit la grimace, tout en remplissant un bol de céréales.

— Je ne sais pas ce qui m'arrive, je suis affamée. Le grand air, sans doute.

— C'était pareil la dernière fois, observa l'Italien.

— La dernière fois ?

— Au restaurant italien, le Luigi's. Ne me dis pas que tu as oublié. C'était une soirée merveilleuse.

Elle rougit, songeant à la nuit qui avait suivi.

Matteo dut suivre le même fil, car il demanda d'une voix douce :

— Comment est-ce arrivé, à ton avis ? Je me suis protégé.

— Pas systématiquement. Je m'en suis souvenue après coup mais... Il y a eu cette fois, juste avant l'aube, où nous dormions tous les deux à moitié...

Matteo hocha la tête, souriant.

— Ah oui, je me rappelle. Un très beau moment.

Rouge comme une pivoine, Ruby baissa les yeux vers son assiette. Elle sentit de nouveau l'appel de la nuit, ces heures où elle avait perdu la tête et abandonné ses inhibitions au seuil de son appartement.

— Allons, Ruby, ne joue pas les effarouchées. Nous avons une alchimie sexuelle extraordinaire. C'est au moins un aspect de notre relation dont nous n'aurons pas à nous soucier !

Il avait raison, et c'était là le problème. Le désir qu'elle éprouvait pour lui, en cet instant encore, était son talon d'Achille.

— Non, Matteo. Il n'y a pas de « relation » qui vaille. Il n'y a qu'un bébé sans famille, et je veux savoir ce que tu comptes faire.

Elle scruta son visage, espérant y lire un signe rassurant, un indice de son dévouement absolu à leur enfant à naître. Mais le visage de Matteo resta impassible.

— Tu es vraiment pressée, n'est-ce pas ? Ce bébé ne naîtra pas avant huit mois. Tu n'as pas l'impression de mettre la charrue avant les bœufs ?

— Tu m'as annoncé hier soir que tu comptais faire face à tes responsabilités, non ?

— Bien sûr.

— Qu'est-ce que ça veut dire ? J'ai une carrière. Une fois que j'aurai accouché, je pourrai de nouveau danser. Mais j'aurai besoin d'aide.

— Tu as eu le temps de réfléchir à tout ça, pas moi. Je ne sais même pas ce que tu as en tête. Tu vis à Londres, et moi à Rome *et* à Londres. Nous voyageons tous les deux beaucoup. Nous allons devoir nous organiser.

— C'est exactement ce que je te dis. Je veux me remettre à la danse le plus vite possible. Toute seule, je ne peux pas me permettre de payer une nounou.

— Le plus vite possible, c'est-à-dire ?

— Quelques semaines après l'accouchement.

— Quelques *semaines* ?

Son ton réprobateur ranima la colère de Ruby. De quel droit la jugeait-il ?

— Quelques semaines après la naissance ? répéta-t-il. Tu ne trouves pas ça un peu rapide ?

— Je n'ai pas à justifier ma décision.

Matteo joignit ses doigts sous son menton, et les muscles de ses bras frémirent à ce simple mouvement – ces bras qu'elle avait embrassés, qui l'avaient étreinte. Ces bras qui tiendraient bientôt un minuscule bébé, qui le berceraient et le protégeraient. Ruby voyait la scène comme si elle se déroulait sous ses yeux. Et elle comprit, dans un éclair de lucidité, que Matteo ferait un père merveilleux.

Au lieu de la rassurer, cette révélation la tétanisa. L'espace d'un instant, elle eut l'impression de se tenir au bord d'un gouffre. Et si elle était incapable de faire de même ? Sa propre enfance avait été un désastre. Elle n'avait qu'un lien distendu avec sa mère et ne ressentait rien pour ses demi-sœurs. Voilà pourquoi elle n'avait jamais voulu d'enfant.

— Ruby, rien ne presse, je le répète. Nous sommes encore au stade où nous digérons la nouvelle. Bon, d'accord, où *je* digère la nouvelle.

Puis il leva son téléphone et ajouta :

— J'ai passé la dernière heure à expliquer pourquoi j'avais soudainement disparu hier soir. J'ai une banque à gérer. Je ne veux pas prendre de décision hâtive, que nous regretterons peut-être plus tard.

Son téléphone sonna au même instant, lui arrachant un soupir d'abattement. Il jeta un coup œil à l'écran et reposa l'appareil sans répondre. Puis il laissa son regard dériver vers l'horizon, comme pour y chercher la réponse à tous ses problèmes.

Derrière lui, de grandes bandes bleues de ciel et de mer se fondaient dans une brume d'azur. Seuls le clapotis des vagues et les craquements du navire troublaient le silence. Pour la première fois, Ruby distingua l'épuisement qui marquait le visage de Matteo. Il était resté assis près d'elle toute la nuit, se rappela-t-elle. Et s'il était rasé de frais, ses traits tirés trahissaient sa fatigue.

Tout à coup, son regard sombre la percuta de plein fouet.

— Je sais que tu me regardes, que tu demandes de quoi je suis fait, si je vais accepter de t'aider ou m'évanouir dans la nature. Tu ne connais que mon côté public, puisque tu ne m'as vu que deux fois : au ballet et hier soir. Et bien sûr, il y a l'image que renvoie la presse, celle d'un séducteur qui laisse derrière lui un cimetière de cœurs brisés. Je ne peux pas t'en vouloir de le croire. Je ferais pareil à ta place.

Il se pencha soudain vers elle, irradiant cette présence magnétique qui l'avait captivée lors de leur première rencontre.

— Tu me prends pour un salaud qui va t'abandonner avec un enfant. Tu as peur que je refuse d'assumer mon rôle de père.

— En effet, répondit-elle brutalement.

Mais comment lui avouer le reste : que c'était d'elle-même qu'elle avait encore plus peur ? Qu'elle ne voulait pas dépendre de quelqu'un, ou que l'on dépendît d'elle ?

Sans crier gare, Matteo lui prit la main. Elle tenta de se dégager, mais il tint ferme.

— Je ne te laisserai pas tomber, Ruby. Je sais que tu n'as pas la moindre raison de me faire confiance, mais je veux t'aider. Je ne suis pas le type que tu penses connaître.

Ruby ne doutait pas de la sincérité de Matteo, et c'était là le problème. Ses propos, censés la rassurer, ne faisaient qu'aggraver ses propres doutes. Il la croyait semblable aux autres femmes, s'imaginait qu'elle rêvait elle aussi de fonder une famille.

Moi non plus, je ne suis pas celle que tu penses connaître. Je ne suis pas prête. Je vais tout gâcher.

Elle balaya l'horizon du regard, avec la soudaine impression de se trouver au cœur d'un brouillard opaque. La vue, pourtant, portait jusqu'à l'infini en ce clair matin d'été.

— Ruby.

La main de son compagnon, sur la sienne, se resserra tendrement.

— N'aie pas peur. Je ne te laisserai pas affronter l'avenir toute seule. Je ne suis pas ce genre d'homme. Et nous n'avons pas encore parlé de nos familles. Nous pourrions leur annoncer la nouvelle ensemble, si ça t'aide ?

— Je l'ai déjà dit à ma mère, répondit Ruby, se servant un verre d'eau qu'elle ne but pas.

— Et ?

— Et quoi ?

— Elle était contente ? Tu pourras compter sur elle après la naissance ?

Ruby partit d'un rire noir, puis secoua la tête.

— Non, aucun risque. Elle est bien trop occupée.

— Vous n'êtes pas proches ? Tu m'as dit qu'elle vivait en Cornouailles, c'est ça ?

— Nous nous parlons par téléphone, c'est tout.

Sans lever les yeux, Ruby perçut l'expression de perplexité sur le visage de Matteo. Une nouvelle fois, elle eut la désagréable impression d'être jugée.

— Je vois... Je suppose que ce n'est pas facile pour elle de se déplacer. Quant à ma mère, tu l'as rencontrée. Ce ne sera pas une grand-mère traditionnelle, mais elle voudra jouer un rôle dans la vie de notre enfant. Quoi qu'il en soit, nous aurons amplement le temps d'en rediscuter. Tu veux encore un peu de thé ?

Ruby secoua la tête, préoccupée par l'évocation d'Oral Rossini. Cette dernière, elle en était sûre, ne se serait jamais retrouvée dans sa situation. Oral était une femme forte, qui contrôlait parfaitement son destin. Ruby redoutait de passer pour une idiote à ses yeux ou pire, une croqueuse de diamants.

Plus elle y réfléchissait, plus l'avenir lui paraissait compliqué...

— Est-ce que nous pourrions regagner la rive, maintenant ? demanda-t-elle d'un ton abattu.

Matteo se leva, un masque impénétrable sur le visage.

— Bien sûr. Nous nous arrêterons juste sur une petite île au retour. Tu verras, c'est un véritable paradis. Il serait vraiment dommage que tu n'en profites pas.

Ruby ouvrit la bouche pour protester, mais Matteo la devança :

— Je ne veux rien entendre. Tu es là, et ça ne nous prendra que quelques heures. Tu es mon invitée. Je tiens à ce que tu t'amuses un peu avant de rentrer.

Il contourna la table, avec une grâce étonnante malgré le peu d'espace que laissaient les chaises pour circuler, et s'arrêta près d'elle. Ruby fixa sa main tendue, boudeuse.

— Je ne suis pas vraiment d'humeur à m'amuser, objecta-t-elle.

— Arrête d'essayer de me punir. Je sais que tu m'en veux, et que tu *t'en* veux. Maintenant, il est temps de passer à l'étape suivante.

À contrecœur, elle accepta sa main. Matteo l'attira contre lui avec douceur et Ruby ferma les yeux un court un instant. Bercée par le roulis du navire, elle eut une pensée émue pour la petite vie qui grandissait entre eux, tranquillement, sans rien soupçonner des tempêtes du dehors.

13

Un reste de mistral courba le sommet des pins, une vague verte ondula sur l'île. La stridulation des cigales s'élevait des buissons, lourde et hypnotique. Des goélands dérivaient paresseusement, vigies railleuses, puis piquaient sans crier gare vers les flots.

Assis sur un transat, Matteo reposa son journal et abaissa ses lunettes de soleil pour étudier un yacht qui venait de jeter l'ancre dans la baie. De minuscules silhouettes s'affairaient à bord. Après quelques instants, elles sautèrent dans un canot qui se dirigea vers la rive.

L'île de St-Agnès, dix kilomètres carré de maquis au milieu de nulle part, abritait un complexe hôtelier écologique réservé aux hôtes qui pouvaient l'atteindre – par bateau seulement – et se permettre d'y séjourner.

Matteo n'était pas revenu à St-Agnès depuis des années, plus précisément depuis les vacances qu'il y avait passées quand il était plus jeune. Des enfants jouaient dans la piscine, surveillés par quelques adultes. Ses parents s'étaient tenus là, autrefois, au même endroit, accompagnés chaque année de Claudio et de sa « petite amie » du moment, une mascarade soigneusement orchestrée.

Un serveur traversa la terrasse, un plateau d'argent à la main. Il s'arrêta pour servir du vin à un couple âgé et bien habillé qui déjeunait à une petite table à l'écart. Un peu plus loin, sur une autre rangée de transats, deux jeunes femmes travaillaient leur bronzage. Elles avaient d'abord étudié Matteo à la dérobée, mais le faisaient désormais sans chercher à se cacher, offrant leur poitrine nue à ses regards.

Délibérément, il pivota pour ne plus les avoir dans son champ de vision. Ruby, constata-t-il, le dévisageait avec une expression de dédain à peine dissimulée.

— Des amies à toi ? ironisa-t-elle.

Avec une moue offusquée, elle dénoua son sarong, révélant un bikini rouge. Sa taille s'arrondissait à peine, et il fut une nouvelle fois frappé par la blancheur d'albâtre de sa peau. Une bouffée de fierté lui gonfla le cœur à ce spectacle.

— Laisse-moi t'aider, proposa-t-il en la voyant tenter d'étaler de la crème solaire dans son dos. Et inutile d'être jalouse. Je ne connais pas ces filles et je n'ai pas envie de les connaître.

— Je ne suis pas jalouse, répondit sèchement la jeune femme. Je ne fais qu'observer. Tu leur plais et elles te le font savoir.

— Tu sais ce qui *me* plaît ? demanda Matteo, versant de la crème au creux de sa paume. Que tu sois jalouse et que tu refuses de l'admettre.

Sans répondre, Ruby souleva sa queue-de-cheval pour lui donner accès à ses omoplates. Ses muscles roulaient sous sa peau quand elle bougeait, en un mélange de force et de douceur que Matteo trouvait infiniment excitant.

— Tu as vraiment un corps de rêve.

— C'est bien qu'il te plaise, marmonna-t-elle en retour. Parce qu'il va doubler de taille dans les mois qui viennent.

— Encore mieux.

Il déposa un baiser sur sa joue tiède, s'attardant un moment pour s'enivrer de son parfum, de la sensation de ses cheveux contre son visage. Il aurait aimé pouvoir rester ainsi pendant des heures, tout contre elle, mais ils étaient dans les jardins du prestigieux Hôtel St-Agnès. Il ne voulait pas être expulsé pour attentat à la pudeur.

Il recula donc d'un pas, retira son T-shirt et se dirigea vers la piscine, espérant que l'eau rafraîchirait ses ardeurs. Il fit des longueurs jusqu'à en perdre le souffle avant de prendre appui sur le rebord, les yeux clos. Il ne s'était pas accordé de repos depuis longtemps. Il était censé travailler, appeler ses clients les plus influents pour leur demander d'intercéder auprès d'Arturo, de préparer le terrain avant leur rencontre. Mais un autre plan, plus urgent, se formait dans sa tête.

Ruby était enceinte. S'il avait de la chance, les journalistes ne feraient pas le rapprochement avec lui et le laisseraient tranquille au moins jusqu'à la naissance. Mais dans le cas contraire, son nom serait de nouveau traîné dans la boue. Et si sa moralité était une fois de plus mise en doute, si vite après l'affaire avec Faye, c'en serait fini de ses espoirs de fusionner avec Arturo Finance.

Son cerveau bouillonnait, son stress montait en flèche et faisait courir des frissons d'impatience dans son dos. Pendant qu'il s'occupait de Ruby, que faisait Claudio ? Qui savait quel mauvais coup il préparait encore ?

Matteo se hissa sur la margelle, les muscles lourds de l'effort qu'il venait de fournir. Non loin, l'une de ses admiratrices ôta ses lunettes de soleil pour l'observer. Sur sa droite, un serveur offrait un verre d'eau à Ruby. Elle le prit en souriant et il baissa les yeux sur la courbe naissante de son ventre. Leur enfant y grandissait paisiblement.

Avec un soupir, il pinça le haut de son nez, juste entre ses sourcils. Tout lui tombait dessus au même moment - au *pire* moment. Il devait jouer les chefs d'orchestre, diriger une véritable symphonie sans la moindre fausse note : surveiller Claudio, convaincre Augusto Arturo de fusionner, organiser l'arrivée du bébé. De toutes ces tâches, la dernière était la plus importante à ses yeux. Il n'abandonnerait pas cet enfant.

— Viens, lança-t-il en se dirigeant vers Ruby, tout dégoulinant d'eau. Allons nous baigner.

Tirée de ses rêveries, Ruby leva les yeux vers l'homme qui, tel Neptune sorti des flots, s'avançait vers elle. Des gouttes perlaient sur son torse hâlé et le faisaient luire comme du vif-argent. Son short de bain, trempé, moulait une forme dont le souvenir lui assécha le gosier, et un désir brutal s'empara d'elle à ce spectacle. Oui, elle était jalouse, elle le reconnaissait.

— Je ne sais pas nager, maugréa-t-elle.

— C'est bien pour ça que je propose de t'apprendre.

Avec douceur, il la tira par la main et l'entraîna vers le bassin.

— Je ne suis pas aussi sportive que toi, protesta Ruby.

— Tu plaisantes, je suppose ?

— Non, je veux dire que… tu nages, tu fais du bateau, du rugby. Moi, je sais seulement danser.

— Parce que tu n'as rien essayé d'autre, corrigea l'Italien. Il n'y a pas que le ballet, dans la vie. Allez, fais-moi confiance.

Sans lui lâcher la main, il descendit avec elle les premières marches. C'était l'heure du déjeuner, et le bassin leur appartenait tout entier. Ruby poussa un soupir de soulagement lorsqu'une onde fraîche enveloppa son corps surchauffé.

— Concentre-toi sur la résistance de l'eau contre tes jambes. Là… Marchons un peu en rond pour que tu t'y habitues…

Ils tournèrent quelques minutes – Ruby avait de l'eau à mi-poitrine. Matteo la ramena enfin vers la margelle.

— Agrippe le bord et allonge-toi, maintenant. Voilà, comme ça… Bats des pieds.

Elle s'exécuta, les mains crispées sur le rebord.

— Ne te gêne surtout pas pour m'éclabousser, fit son compagnon en riant.

— Oups, je suis désolée !

Ruby lâcha machinalement le rebord en se tournant pour lui parler et, au lieu de se noyer comme elle l'aurait cru, flotta jusque dans ses bras. L'Italien la soutint un instant, puis l'attira tout contre lui. Leurs lèvres se rencontrèrent en un baiser animal, si passionné qu'il ébranla Ruby jusqu'au tréfonds de son être. Il n'y avait pas à s'y tromper : la leçon de natation était terminée. Ils passaient maintenant aux choses sérieuses.

Sa raison tenta de lui envoyer un avertissement, mais Ruby la fit taire. Et lorsqu'elle ouvrit la bouche pour protester, un gémissement de plaisir franchit ses lèvres.

— Je crois qu'il va nous falloir une chambre, murmura Matteo contre sa peau brûlante.

Sans lui laisser le temps de répondre, il la prit de nouveau par la main et l'entraîna hors du bassin. Agrippant son sarong et sa propre serviette au passage, il emprunta une petite allée qui serpentait dans un jardin de cactus.

— Où... où allons-nous ?

— Nous allons nous accorder des vacances bien méritées.

L'hôtel apparut bientôt. C'était un bâtiment majestueux, dont les portes s'ouvrirent comme par magie à leur approche. Ruby avait remis son sarong mais la climatisation, dans le somptueux foyer de marbre, la fit frissonner.

— Mademoiselle a besoin de se reposer un peu, lança Matteo au réceptionniste. Donnez-nous la suite présidentielle. Je réglerai les détails après.

— Bien sûr, monsieur Rossini.

Quelques minutes plus tard, ils pénétraient dans une suite immense au dernier étage. Le chasseur qui les y avait conduits s'éclipsa presque aussitôt, les abandonnant au silence feutré de l'après-midi.

— Si nous allions nous doucher ? suggéra Matteo. Tu avais l'air d'avoir froid, dans l'entrée.

La salle de bains semblait n'avoir pas changé en un siècle. Mais il était évident, au luxe du lieu, que tout était neuf. La céramique blanche étincelait contre le marbre rose, les robinets de cuivre luisaient d'un éclat fauve. Le temps de cligner des yeux, Ruby se retrouva sous l'averse d'une douche chaude, tout contre Matteo.

— Tu me fais perdre la tête, gronda-t-il.

— Je vois ça, répondit-elle, baissant les yeux vers la bosse qui déformait son maillot de bain.

S'enhardissant, elle se mit à genoux et entraîna son short dans le même mouvement. Son sexe se dressa, pointant vers le ciel avec une intimidante raideur. Ruby referma ses doigts sur le faisceau brûlant, puis fit glisser ses lèvres dessus. Matteo gronda, la tête renversée en arrière.

— Bon sang, Ruby, arrête...

Elle fit la sourde oreille et continua son enivrante exploration, des lèvres, de la langue, jusqu'au moment où deux larges mains la remirent sur pied. Avec fébrilité, Matteo défit le haut de son bikini et libéra ses seins. Il se pencha sur ses tétons durcis, les roula sensuellement entre ses doigts, puis les embrassa tour à tour.

— Ça va ? Je ne te fais pas mal ?

— Ce genre de douleur, j'en redemande...

— Enlève ton maillot. Je veux te voir nue... Te comparer au souvenir qui hante mes rêves.

— Tu as rêvé de moi ? demanda-t-elle avec un sourire malicieux, tout en s'exécutant.

— Une fois ou deux, répondit-il en riant. Pas autant que *tu* as rêvé de moi, sans doute.

— Tu plaisantes ? J'ai à peine pensé à toi...

— Je t'ai donc fait si piètre impression ?

Pendant qu'il parlait, Matteo avait fait tourner un savon entre ses mains. Elles glissaient maintenant sur le corps de Ruby, enrobées d'une mousse parfumée. Elle hoqueta de plaisir quand l'une d'elles s'immisça entre ses cuisses, que ses doigts trouvèrent d'instinct son clitoris. Sitôt qu'il l'effleura, une sensation de chaleur se diffusa dans son corps tout entier. La langue de Matteo enveloppa la sienne, la pression de sa main se fit plus insistante. Dans un gémissement sourd, Ruby leva une jambe pour la poser sur le rebord de la douche et s'offrir plus entièrement à ses caresses.

L'orgasme la balaya, si violent qu'elle se serait effondrée si Matteo ne l'avait pas retenue. Elle hoqueta, puis cria son nom à plusieurs reprises, tandis qu'onde après onde le plaisir la submergeait. Sans même lui laisser le temps de revenir à elle, l'Italien l'enveloppa d'une serviette et la transporta jusqu'au lit. Il la sécha avec douceur, s'arrêtant régulièrement pour l'embrasser, puis s'agenouilla entre ses jambes. Ruby se redressa sur les coudes, échevelée, infiniment excitée par le spectacle de son sexe dressé.

— Je me souviens d'avoir rêvé de toi, murmura-t-elle en l'effleurant du bout des doigts. D'avoir rêvé de *ça*...

— Et me voilà.

Il glissa en elle d'un seul mouvement. Ruby s'affaissa sur les oreillers, presque étourdie par une immense sensation de bien-être. Il lui semblait que sa place avait toujours été là, dans les bras de cet homme. Et même s'il ne s'agissait que d'une illusion, de ces mirages qui ne durent que le temps d'un après-midi d'été, elle ferma les yeux et s'y abandonna tout entière.

14

— Cet endroit est absolument paradisiaque. J'ignorais que de telles îles existaient. Comment as-tu découvert St-Agnès ? demanda Ruby avant de mordre dans un cube de melon.

Ils venaient de s'attabler pour dîner. Matteo et elle avaient fait l'amour tout l'après-midi, puis somnolé jusqu'au coucher de soleil. Ruby n'était pas naïve – elle savait qu'il s'agissait d'une parenthèse enchantée. La magie se dissiperait bientôt, dès leur retour dans le monde réel. Mais à quoi bon y penser ? Elle ne gagnerait rien à gâcher ces moments idylliques, d'autant qu'elle mourait de faim.

Matteo lui faisait face, une chemise de lin crème ouverte sur son torse olivâtre. Il plissa le front à sa question, puis fit un signe de tête en direction de la baie.

— Nous faisions beaucoup de voile quand j'étais enfant. Je connais ces eaux comme ma poche, pour les avoir sillonnées en long, en large et en travers en compagnie de mes parents.

— Y a-t-il donc un sport où tu n'excelles pas ?

Elle avait parlé d'un ton presque irrité, qu'elle

regretta aussitôt. Mais elle voyait bien, à l'expression froissée de son compagnon, qu'il sombrait dans une humeur sérieuse, comme s'il s'apprêtait à dire quelque chose d'important. Et ce quelque chose, elle n'était pas sûre d'avoir envie de l'entendre.

Il leur faudrait pourtant, tôt ou tard, avoir une discussion de fond. Quel genre de relation l'avenir leur réservait-il ? Une série de rencontres torrides suivies de périodes de séparation ? Ou Matteo déciderait-il de mettre un terme à cet épisode de sa vie, une fois pour toutes ? La rangerait-il sous l'étiquette « Affaire classée » ? Son estomac se noua, mais elle se força à sourire.

— Tu nages, tu joues au rugby, tu boxes, renchérit-elle dans le silence qui avait suivi sa question.

À son soulagement, il se dérida un peu.

— Mais je ne danse pas.

— Notre enfant dansera, répondit-elle en souriant. Surtout si c'est un garçon.

— C'est une idée intéressante. Et tu seras le genre de mère poule qui enguirlande l'entraîneur, ou quel que soit son titre, parce que Matty Junior n'a pas obtenu le rôle principal dans la pièce de fin d'année ?

— Le maître de ballet, pas l'entraîneur. Et, oui, ça me ressemble. Je suis sûre que de ton côté, tu encourageras la petite Ruby depuis le banc de touche pendant ses matches de football.

— L'avenir s'annonce mouvementé, murmura Matteo.

Il avait repris son sérieux. Du bout d'un doigt, il effleura son verre vide – il s'apprêtait à parler. Ruby s'y prépara, le cœur battant. Le calme du restaurant était à peine troublé par le murmure discret des conversations, le cliquetis des couverts contre la porcelaine.

Mais Matteo resta silencieux, les yeux fixés sur son assiette.

— Tu ne manges pas ? demanda-t-elle. Tu ne veux pas de vin ? Inutile de te priver pour moi.

— Non, j'ai arrêté l'alcool.

— Pourquoi ? Raisons de santé ? Tu es le type le plus sportif que je connaisse. Un verre de vin ne te fera pas de mal.

— Il y a beaucoup de choses que tu ne sais pas sur moi. Et que tu devrais savoir si nous devons aller de l'avant.

Sa remarque emplit le cœur de Ruby d'un mélange de crainte et d'excitation. Aller de l'avant… Oui, mille fois oui ! Elle voulait rester à ses côtés. Pas simplement en tant que mère mais comme amie. Comme amante.

— Mon père avait un rapport compliqué à l'alcool, poursuivit-il, plongé dans ses pensées. Je n'ai compris qu'à sa mort sa gravité. Il pouvait passer des semaines, des mois entiers sans boire, mais dès qu'il y touchait, c'était l'enfer.

— Ta pauvre mère, souffla Ruby.

Il acquiesça, l'air absent.

— Ma mère ne pouvait rien faire quand il se mettait dans ces états. Mais il a lutté contre son addiction. Il est allé trois fois en centre de désintoxication. Nous sommes des battants, lui et moi, ajouta Matteo, levant soudain les yeux pour la transpercer d'un regard intense.

Ruby hésita, se demandant comment prendre sa

remarque. Essayait-il de la rassurer ? Ou de la mettre en garde ?

— Puis la banque a commencé à perdre de l'argent... Au début, mon père n'a pas compris pourquoi. Mais il a lutté...

Son visage se froissa, et Ruby fut prise d'une bouffée de compassion. Instinctivement, elle posa sa main sur la sienne.

— Tu n'es pas alcoolique pour autant, n'est-ce pas ?

— Non. Mais je ne prendrai pas le moindre risque. Si je m'effondre, tout s'effondre. La Banca Casa di Rossini a deux cents ans. Et nous nous battons toujours pour remonter la pente, suite à la tentative de sabotage que nous avons subie. Nous sommes sur le point d'y parvenir, grâce à une fusion avec Arturo Finance. Je ne laisserai rien se mettre en travers de mon chemin. Les enjeux sont énormes, tu comprends ? Il n'est pas question d'échouer. Pas si près du but.

— Bien sûr que je comprends. Mais qu'est-ce qui pourrait bien se passer ? Que redoutes-tu ?

— Tu as dû voir les photos de moi dans la presse ? Le récit de mes ex ? Tout a été organisé par quelqu'un qui me veut du mal. Il essaie de me faire passer pour un obsédé sexuel, un homme immoral. S'il apprend que tu es enceinte, il s'en servira contre moi.

— Qui est derrière tout ça ?

— C'est une longue histoire. Un type du nom de Claudio Calvaneo. C'était l'associé de mon père.

Les doigts crispés sur son verre, Matteo la fixa de nouveau. Elle ne cilla pas, presque hypnotisée par la couleur de ses yeux.

— Je vais avoir besoin de ton aide, Ruby.

— Tu peux compter sur moi. Mais… comment puis-je t'aider ? Tout ça me dépasse.

— Je dois aborder cette fusion avec des gants de velours. J'ai déjà rencontré Augusto, je dois le revoir bientôt.

— Très bien. Mais je ne comprends toujours pas en quoi ça me concerne.

— Augusto nous a vus ensemble à deux reprises : sur des photos prises le soir du ballet, et hier. S'il apprend que tu es enceinte, et que nous n'avons pas accordé nos violons, ce sera la catastrophe.

— Je ne sais toujours pas ce que tu attends de moi, soupira Ruby.

— Il me faut donner l'image d'un homme sérieux et fiable. Pas d'un séducteur qui fait des enfants à droite et à gauche et refuse de s'en occuper. Augusto ne me confiera sa banque que s'il me fait confiance. C'est presque son enfant à lui.

Le restaurant, désormais, était silencieux. Les clients s'étaient retirés dans leurs chambres, et un serveur solitaire arpentait la salle avec un plateau chargé de verres. Matteo attendit qu'il fût sorti avant de reprendre :

— Arturo doit s'imaginer que notre histoire est sérieuse. Que nous pensons déjà à l'avenir.

— L'avenir ?

— À nous marier, clarifia l'Italien.

— Nous marier ? répéta Ruby avec un rire mi-choqué, mi-incrédule.

— Je sais que ça paraît fou. Nous nous connaissons à peine. Mais tu portes mon enfant. Et le destin de nombreux employés dépend de moi. Si nous fusionnons, l'avenir de la Banca di Rossini est assuré.

Il se pencha vers elle. Par l'entrebâillement de sa chemise, Ruby entrevit son torse sculptural, tanné par les quelques heures qu'ils avaient passées dehors. Son parfum boisé l'enveloppait telle une étoffe de velours par une nuit fraîche. Il était si proche qu'elle discernait les éclats dorés qui pailletaient ses pupilles, les ridules qui prolongeaient le coin de ses yeux.

— Il s'agit aussi de l'avenir de notre enfant. Je sais que c'est difficile, et que je te demande beaucoup. Mais j'ai besoin que tu me fasses confiance.

— Je... tout va trop vite. J'ai besoin de réfléchir.

— Nous n'avons pas le temps de réfléchir. Nous devons agir maintenant.

— Et comment comptes-tu t'y prendre, au juste ?

Matteo se mit à genoux, lui prit les mains et expliqua :

— J'ai tout planifié. Nous pourrons nous marier avant la fin de la semaine. Nous publions un communiqué de presse, nous nous accordons quelques jours de lune de miel, puis nous nous rendons ensemble chez Augusto. Il tombera aussitôt sous ton charme.

— Tu parles de mariage, Matteo. Que se passera-t-il ensuite ? Quand je rentrerai à Londres et que tu retourneras travailler ?

— Nous ferons ce que tu veux. L'essentiel, c'est que la banque sera sauvée. Notre enfant – et *ses* enfants – n'aura jamais de soucis d'argent.

Ruby secoua la tête, déroutée par la vitesse avec laquelle il raisonnait. Elle avait besoin de réfléchir, parce qu'elle ne pouvait pas se permettre de faire le mauvais choix. C'était la décision la plus importante de sa vie.

— Il n'y a pas que l'argent, dans la vie. Notre enfant s'en moquera peut-être. Et rien ne dit qu'il voudra travailler dans une banque privée, lui aussi.

Matteo la fixa comme si elle était devenue folle, et elle comprit qu'il ne connaissait que ce mode de vie. Un mode de vie si profondément ancré en lui que tout autre choix lui paraissait impossible.

— Je ne veux rien laisser au hasard, répondit-il enfin. Et cette grossesse...

Il hésita, soupira et reprit :

— Au début, j'ai pris ça pour une catastrophe. Mais maintenant que j'y réfléchis, je pense que c'est la meilleure chose qui nous soit arrivée.

Ruby fronça les sourcils, méfiante.

— Comment ça ?

— Je veux dire que cette responsabilité supplémentaire me permet de voir clair. Depuis la mort de mon père, j'ai toujours du mal à accepter cette vie dont j'ai l'impression qu'elle m'a été imposée. Mais toi, cet enfant... Tout est limpide, maintenant. Je comprends ce que je dois faire.

Ruby se massa les tempes, luttant contre un début de migraine. Plus elle essayait de démêler l'écheveau des événements, plus leur fil lui échappait. Une chose était sûre : elle avait atterri au milieu d'enjeux qui la dépassaient. Et elle sentait, malgré les signaux d'alarme qui clignotaient partout dans son cerveau, qu'elle risquait de tomber amoureuse de Matteo si elle n'y prenait pas garde.

S'il n'était pas déjà trop tard.

— Qu'attends-tu de moi, au juste ?

Matteo, qui s'était détourné pour regarder par la fenêtre, pivota vers elle. L'expression distante qui flottait sur son visage laissa place à une soudaine résolution.

— Fais semblant de m'aimer.

Une violente douleur serra le cœur de Ruby, mais elle se mordit la lèvre. Une petite voix lui soufflait qu'il ne serait pas si difficile de faire semblant.

— Je ne te demande pas la lune, enchaîna Matteo, se méprenant sur les raisons de son trouble. Et puis, n'est-ce pas précisément pour ça que tu es venue me trouver ? Pour que je te rassure et que je m'engage à jouer mon rôle de père ? Je ne te propose rien d'autre. Je t'offre ce que tu attends de moi, et plus encore.

— Mais je n'ai jamais voulu d'enfant, ne put-elle s'empêcher de répondre. Tout ce qui m'intéressait, c'était de danser. Et je ne compte pas abandonner. Tu ne parles pas de *mes* besoins, dans cette affaire.

— Ruby, tu peux avoir tout ce que tu désires. Absolument tout. Tu ne veux pas m'épouser ?

Elle haussa les épaules – il lui était difficile de réfléchir lorsqu'il était si proche.

— Je ne dis pas non, mais il n'y a pas d'autre solution ? Devons-nous vraiment nous marier pour convaincre Augusto ? Beaucoup de couples ont des enfants sans être mariés pour autant.

— Il est très croyant. Pour lui, avoir un enfant hors mariage est un péché.

— Et mentir, nous marier pour préserver les apparences, c'est mieux ?

— Nous offrirons à notre enfant un milieu stable

dans lequel grandir, voilà ce qui compte. Et nous signerons un contrat de mariage. Je t'assure que tu ne manqueras de rien. Dès que nos banques auront fusionné, tu pourras faire ce que tu veux. Vivre avec moi ou seule, adopter mon nom ou pas. Mon but n'est pas de t'emprisonner, j'espère que tu le comprends.

Il parlait d'un ton froid, professionnel, comme s'il concluait un marché. L'amour, les émotions, n'entraient pas en ligne de compte dans cette transaction. Matteo ne vivait que pour sa banque et la mémoire de son père. Quant à l'avenir qu'il dessinait lui-même avec une telle précision, il ne l'avait jamais désiré.

Avec un soupir, elle se tourna vers les fenêtres qui donnaient sur la mer. Les flots, pommelés d'argent par la clarté lunaire, tremblotaient sous la caresse de la brise. Malgré la chaleur du soir, elle frissonna. Une voix spectrale lui susurrait que l'argent n'était d'aucune utilité contre la solitude. Que sa vie ne changerait que le jour où quelqu'un l'aimerait enfin.

L'amour... Le fruit interdit, si proche et si lointain. Elle avait cru l'entrevoir dans le sourire de sa mère, dans une caresse distante. Mais comment s'en contenter ? Elle l'avait ensuite quêté auprès du public pour lequel elle dansait, rêvant chaque nuit que son père en émergerait et crierait son nom. Et maintenant, voilà qu'elle l'attendait de Matteo.

Elle voulait savoir, enfin, ce que c'était que d'être aimée pour elle-même. Pas pour son sourire, ni pour ses longs cheveux noirs ou son corps de danseuse. Elle voulait être aimée parce qu'elle était Ruby, tout simplement.

15

Matteo fit descendre sa vitre avant de couper le moteur. Une bouffée d'air chaud lui caressa le visage chargée de senteurs végétales. Avec une grimace il tira sur son nœud de cravate et défit le premier bouton de sa chemise.

Maudit costume… Il détestait en porter depuis son adolescence. Étouffer dans des vêtements trop serrés très peu pour lui. Mais après la mort de son père, il n'avait plus eu le choix. Il avait dû occuper une place laissée vide, une place trop grande pour lui, et ce rôle impliquait de se déguiser.

Il mit pied à terre, puis étira ses longues jambes Le trajet depuis Londres avait été rapide. Il se sentait d'humeur à faire le tour du petit lac qui s'étendait devant lui avant de rejoindre le manoir où le British Ballet donnait ses cours d'été. Sauf imprévu, sa future femme l'y attendait.

Sa veste en travers de l'épaule, il se dirigea vers le plan d'eau, d'un bleu éclatant au milieu de la forêt Un groupe de fillettes passa en courant devant lui cheveux remontés en chignon, minces comme des flamants roses. Matteo essaya d'estimer leur âge

Six ans ? Sept ans ? Il n'y connaissait rien en matière d'enfants. Mais après avoir passé des années à les ignorer, l'idée d'en avoir un à lui, à bercer et à protéger, lui coupait le souffle d'émotion. Ruby et lui allaient avoir un bébé, un petit être innocent et entièrement dépendant d'eux. Depuis l'échographie que Ruby avait passée la veille, le concept n'était plus abstrait.

Une fille.

Pendant des années, il s'était posé en célibataire endurci. Il s'était moqué de ses amis qui s'étaient rangés, de leur habitude de sortir des photos de leur portefeuille. Lui valait mieux que ça. Aucune femme ne lui passerait jamais la corde au cou – il était bien trop malin. Puis il avait vu le fœtus sur le moniteur.

Sa vie ne serait plus jamais la même, il en était certain. Il aurait juste aimé être aussi sûr de Ruby. Il l'avait étudiée pendant l'échographie, il l'avait vue écarquiller les yeux quand le médecin lui avait expliqué ce qu'elle voyait sur l'écran. Elle avait pâli, puis serré les poings. En d'autres circonstances, Matteo aurait pris son expression pour de la panique, mais c'était impossible. Les femmes *adoraient* les bébés.

Lorsqu'il avait voulu lui prendre la main, elle l'avait retirée. Il avait ensuite tenté de la dérider, une fois le praticien sorti, mais Ruby avait semblé plongée dans une profonde léthargie.

Il avait insisté pour qu'elle passât cette échographie dès leur retour de St-Agnès, trois jours plus tôt. Il pensait que l'examen les rapprocherait – il s'était trompé. Depuis, Ruby faisait preuve d'une indépendance farouche. Elle avait insisté pour habiter son petit appartement tant qu'ils n'étaient pas mariés.

Matteo ne pouvait donc qu'attendre. Attendre, et planifier. Comme au moment d'une mêlée, le moindre faux pas, le moindre mouvement latéral, et tout risquait de s'effondrer sous la pression de l'équipe adverse. Il devait rester concentré. C'était maintenant ou jamais.

Dans quelques heures, Ruby et lui quitteraient Birch Lodge, le manoir au nord de Londres où elle entraînait les enfants, et s'envoleraient pour Rome. Dans deux jours, ils seraient mariés. Peu d'invités étaient prévus : David, Oral, ses amis proches. Ruby n'avait convié personne, malgré ses efforts pour la persuader d'appeler sa mère.

Il étudia la surface du lac, si lisse qu'elle évoquait un miroir. Une autre troupe d'enfants passa, filles et garçons – ceux-là plus âgés. Lui aussi, à une époque pas si lointaine, avait eu la même fraîcheur, la même joie de vivre...

— Matteo !

Il pivota au son de sa voix. Ruby était encore à une trentaine de mètres, mais il eut l'impression de recevoir un coup dans l'estomac. Elle souriait. Avec l'habitude, il savait maintenant que ce sourire cachait une certaine réserve. La jeune femme ne se livrait jamais entièrement, sauf lorsqu'ils faisaient l'amour. Dans ces moments, elle oubliait tous ses soucis. Elle semblait se réchauffer à son contact, les joues roses de bien-être, comme un voyageur égaré dans une tempête.

— Bonjour, dit-il en se dirigeant vers elle.

— Belle journée, n'est-ce pas ? fit Ruby en ouvrant les bras en grand, d'un geste gracieux, pour désigner le parc.

— Plus belle encore maintenant que tu es là, répondit Matteo en l'attirant contre lui.

Il adorait la façon dont leurs corps se complétaient, comme deux parties d'un même tout. Il déposa un baiser sur sa joue droite, puis sur la gauche et enfin, puisque qu'il se moquait d'être vu, sur ses lèvres. Ruby rougit.

— J'ai une réputation à préserver, tu sais...

Glissant son bras sous le sien, il l'entraîna vers la voiture.

— Je sais. Comment se sont passés tes cours ?

— Je dois avouer que j'y prends de plus en plus de plaisir. Tous ces petits visages qui me regardent... Devoir les aider sans les critiquer... Et ce que tu ressens quand ils réussissent un mouvement... C'est très gratifiant. Presque autant que de danser soi-même.

— Tu as un talent pour ça. C'est naturel, chez toi.

— Oh non, il n'y a rien de naturel. J'adore danser et les enfants aussi, c'est tout.

Le petit groupe de fillettes revint au même instant – la récréation était finie. Elles se réunirent autour de Ruby, bondissant et gloussant d'excitation.

— Où tu vas ?

— Tu reviens demain ?

— Oh oui, reviens, tu es la meilleure !

Puis elles repartirent comme un vol d'hirondelles.

— Quand je te dis que tu as un talent naturel. Et ce sera pareil avec notre fille.

Il sentit la main de Ruby se crisper dans la sienne, tandis que le silence retombait. Il l'ignora, déterminé à ne pas la laisser faiblir.

— Tout est prêt pour ce week-end. Nous atterrirons

à Rome à 7 heures ce soir. Ma mère devrait arriver vers minuit, nous ne la verrons donc pas avant demain. La cérémonie est prévue à 11 heures.

Il s'interrompit, le temps de regarder la jeune femme par-dessus le toit de la voiture. Mais ses yeux étaient masqués par des lunettes de soleil, et la ligne de ses lèvres ne trahissait rien.

— J'ai parlé à Arturo ce matin. Il nous attend vendredi prochain.

Avec d'infinies précautions, la jeune femme boucla sa ceinture de sécurité. Matteo démarra, puis emprunta l'allée qui menait vers la sortie.

— Les choses se goupillent à merveille, car Claudio compte lui rendre visite juste après nous. Il pourra raconter tout ce qu'il voudra sur mon compte, nous serons intouchables. Le couple le plus en vue, le plus adorable et le plus amoureux de ce côté des Alpes. Une famille italienne comme il faut, avec un bébé en route. Arturo va fondre.

Tout en conduisant, Matteo glissa un coup d'œil rapide en direction de Ruby. Mais elle avait tourné la tête vers la fenêtre.

— Tout va bien ?

— Très bien, merci. J'aimerais pouvoir me remettre au travail au plus vite. Maintenant que je commence à prendre goût à l'enseignement, je ne veux pas disparaître trop longtemps.

— Bien sûr. Tout devrait être réglé dans dix jours. Ce n'est pas trop long, n'est-ce pas ? C'est notre mariage, tout de même.

Ruby ne répondit pas, mais il l'entendait penser aussi sûrement que si elle s'était exprimée à voix haute.

Sauf que ce n'est pas un véritable mariage, n'est-ce pas ?

Il en avait conscience, évidemment. Il savait qu'il agissait mal en lui forçant la main, en lui imposant ce mariage pour ne pas mettre ses affaires en péril.

Mais il voulait sincèrement fonder une famille. S'il sauvait sa banque au passage, qu'y avait-il de mal à cela ? Qui le lui reprocherait ? Il ne laisserait pas disparaître deux cents ans d'histoire par simple faiblesse. Ça non !

Il tapa du plat de la main sur le volant si brusquement que Ruby sursauta.

— Que se passe-t-il ? demanda-t-elle, alarmée.

— Je suis désolé, tout va bien, répondit-il aussitôt, furieux contre lui-même. Ruby, je veux vraiment que ça marche, tu comprends ? Je ne parle pas que de la banque. Du bébé, aussi. De nous. C'est la même chose.

— Tu as fait tout ce qui était en ton pouvoir.

Il perçut la note de reproche dans sa voix – elle se sacrifiait pour lui et pour leur enfant.

— Cette affaire sera bientôt réglée, lui promit-il. Une fois que nous serons sortis du tunnel, nous pourrons reprendre le cours de nos vies.

— Je sais.

— Je n'ai pas l'intention de te couper les ailes, Ruby. Je veux que tu sois heureuse, et je ferai tout pour ça. Claudio ne sera bientôt plus qu'un mauvais souvenir.

— Tu crois vraiment que d'avoir enfin la plus grande banque privée d'Europe fera disparaître Claudio ? Tu ne penses pas qu'après cette fusion il aura encore plus de raisons de te détester ? D'après ce que tu m'as dit sur son compte, il ne s'arrêtera pas là. Ton succès attisera sa haine.

Sourcils froncés, Matteo emprunta la bretelle qui conduisait à l'aéroport.

— Non, répliqua-t-il avec fermeté. Il me laissera tranquille. Et puis, je ne fais pas tout ça contre Claudio, mais pour les Rossini. Je dois rendre à notre banque…

— Sa splendeur passée, je sais. Je comprends très bien ce qui se passe. J'aimerais que ce soit ton cas.

Elle avait marmonné ces derniers mots, mais il les entendit. Pourquoi essayait-elle de lui saper le moral ? Son plan était mûrement réfléchi. Il était solide. Et surtout, il était juste.

Matteo se gara devant le petit aéroport, descendit et contourna la voiture pour ouvrir à Ruby. Mais elle avait déjà mis pied et terre et claqué la portière. Côte à côte, ils pénétrèrent dans le terminal privé.

— Je ne m'attends pas à ce que tu comprennes, Ruby. Personne ne sait ce que nous avons vécu.

Dans l'élégant foyer, elle se tourna pour lui faire face.

— Tu étais joueur de rugby, Matteo. Tu n'es devenu banquier que parce qu'on t'y a forcé. Et tu ne seras jamais libre tant que tu le resteras. Tu cours droit dans le mur, un mur que tu as construit de tes propres mains, alors que tu devrais partir dans la direction opposée.

Elle retira ses lunettes tout en parlant – des larmes de colère faisaient briller ses yeux. Sa bouche était crispée en une ligne blanche.

— Je ne sais pas d'où tu tires l'impression que nous avons le choix, Ruby. Tu te trompes. Ce qui se passe est bien plus important que nous. Je te répète que nous n'avons pas le choix.

— Il y a toujours un choix, murmura la jeune femme d'une voix plus douce. C'est juste que tu ne le vois pas.

Le nez d'un avion apparut sur la piste, trois pilotes en uniforme les dépassèrent en tirant de petites valises. Lorsque son téléphone sonna, Matteo se détourna pour répondre.

— Oui, David ?

— Je suis navré de te déranger, mais je pensais que tu voudrais savoir...

— Tu ne me déranges pas. Je t'écoute.

— J'ai des nouvelles fraîches. De bonnes nouvelles. Il paraît que le Groupe Levinson en a assez de Claudio et veut revenir chez nous. Ta position, quand tu rencontreras Arturo, en sera singulièrement renforcée. Mais nous devons battre le fer pendant qu'il est chaud. Tu es disponible ce soir pour un dîner ? Et lundi, pour des rendez-vous ? Je sais que tu voulais passer quelques jours tranquilles, mais nous ne pouvons pas nous permettre de laisser passer une telle occasion.

— Oui, bien sûr, c'est formidable.

Du regard, il suivit Ruby qui se dirigeait vers la porte d'embarquement d'une démarche gracile. Sa queue-de-cheval lui battait les épaules. Avec un sourire, elle tendit son passeport à l'hôtesse. Puis elle se tourna vers lui et lui jeta un regard énigmatique, chargé d'un message qu'il peinait à déchiffrer.

Peu importait. Il allait l'épouser. Il allait l'épouser pour de nombreuses raisons, dont la moindre n'était pas le plaisir qu'il éprouvait à passer du temps en sa compagnie. Dès qu'il était avec elle, il se sentait plus léger, presque optimiste. Comme si la vie avait enfin un sens.

Oui, tout allait s'arranger, ce n'était plus qu'une question de temps.

16

Le silence régnait lorsque Ruby se réveilla pour la troisième fois, seule dans le vieux lit de cuivre entre des draps de coton fin. Elle avait à peine fermé l'œil, mais la lumière du matin éclaircissait déjà les rideaux. Étouffant un bâillement, elle tendit la main vers son téléphone. Il était 6 heures.

Elle disposait de cinq heures avant de changer de vie. Mais sa vie n'avait-elle pas déjà changé, depuis le moment où elle avait passé cette robe rouge, ouvert cette bouteille de bière et discuté de Rûmi dans un avion privé entre Rome et Londres, avec l'homme le plus merveilleux du monde ? Il était impossible de revenir en arrière, parce que c'était à cet instant qu'elle était tombée amoureuse de lui. À cet instant qu'elle avait compris que la voie qu'elle avait choisie ne la menait qu'à une solitude plus étouffante encore. Mais cette voie avait le mérite d'être rassurante. Elle en connaissait les moindres détours.

Elle entrait désormais en terrain inconnu, le cœur battant d'excitation et d'affolement. Elle allait épouser Matteo, ce que même Lady Faye n'avait pas réussi à faire. Mais ils ne se mariaient pas par amour, elle ne devait pas l'oublier.

Ruby suivit des yeux le jeu du soleil sur le plafond. Un plafond qui, désormais, était celui de sa chambre à Rome, dans une maison que son maigre salaire de danseuse ne lui aurait jamais permis de s'offrir. Des sons de voix se firent entendre dans le couloir et elle dressa l'oreille – elle n'avait vu personne quand ils étaient arrivés la veille, tard dans la soirée. Le vol avait été de courte durée mais le dîner avec les clients de Matteo s'était prolongé.

Malgré sa fatigue, ils avaient fait l'amour. Puis Matteo l'avait laissée seule dans sa chambre, une concession à la tradition, comme si leur mariage était réel. Comme si elle avait un père pour la conduire à l'autel, une mère pour pleurer de joie.

Réprimant une bouffée d'auto-apitoiement, Ruby ferma les yeux et prit une profonde inspiration. Elle n'était pas si troublée, pour être honnête, à l'idée d'épouser Matteo. Ce mariage lui donnait le choix, pour la première fois de sa vie. Elle pouvait travailler, se reposer, avoir le bébé, reprendre la danse. L'unique chose qui n'était pas à sa portée, c'était de forcer Matteo à l'aimer.

Un nouveau bruit se fit entendre dehors, plus près de la porte.

— *Prendo che*. Je prends ça.

Elle venait tout juste de reconnaître la voix d'Oral Rossini lorsque cette dernière entra dans la pièce, un plateau dans les mains. Ruby s'assit droite dans son lit, choquée de cette intrusion. Elle avait supposé qu'il lui faudrait affronter sa belle-mère à un moment ou à un autre, mais *maintenant* ? En chemise de nuit ?

— Bonjour, Ruby !

Oral déposa le plateau sur le lit avec un grand sourire, puis tira les rideaux. Son visage, hâlé par son séjour en Afrique, resplendissait de santé. Ses yeux bleus en ressortaient, plus perçants que jamais. Lorsque Ruby fit mine de se lever, la vieille dame l'arrêta d'un geste.

— Non, non, vous allez prendre votre petit déjeuner au lit.

Ruby la dévisagea avec méfiance. L'amabilité d'Ooral était-elle feinte ? Allait-elle lui reprocher d'avoir piégé son fils ? Sa future belle-mère plaça le plateau devant elle, puis prit place sur le rebord du matelas.

— C'est le jour de votre mariage, et je suis venue m'occuper de vous, annonça-t-elle. Mais d'abord, nous devons discuter.

Elle s'interrompit pour servir deux tasses de thé et proposa :

— Du lait ?

Ruby se cala contre les oreillers, prit la tasse et secoua la tête.

— Non, merci.

— Eh bien, le moins que l'on puisse dire, c'est que ni l'une ni l'autre ne nous attendions, il y a quelques semaines, à nous retrouver ici.

— Oral, je veux que vous sachiez que je n'ai rien planifié de tout ça. Cette situation, je ne l'ai pas voulue. J'espère que vous ne pensez pas...

— Non, je ne pense pas, coupa la vieille dame. Je vous arrête donc tout de suite. Je vous connais depuis votre adolescence, depuis que la Casa di Rossini a commencé à soutenir le British Ballet. Je sais ce que signifie pour vous le fait de danser. Je vous ai vue plus d'une fois repousser les limites, totalement dédiée à votre art. Et je sais que votre mère vous a délaissée. Je ne veux pas me montrer indiscrète, mais je tenais à vous dire que je suis là, si vous avez besoin de moi.

Ruby, à ces paroles inattendues, sentit des larmes lui brûler les yeux. Elle pinça les lèvres pour retenir un sanglot, puis acquiesça.

— Merci, dit-elle enfin, lorsqu'elle fut certaine de pouvoir répondre sans s'effondrer.

— Ne me remerciez pas. Tout ce que je vous demande, c'est d'aimer mon fils, et d'aimer votre enfant. Parce qu'eux vont vous adorer. Nous ne vous abandonnerons jamais. Vous faites partie de notre famille, désormais.

Ruby fixa Oral, abasourdie. Comment savait-elle ? Comment cette femme, une quasi-inconnue, savait-elle que sa pire crainte était d'être abandonnée ? Abandonnée comme elle l'avait été par d'autres ? Comment Oral pouvait-elle prononcer à voix haute les mots que Ruby n'osait même pas *penser* ?

Sa vie durant, elle avait cru pouvoir se débrouiller seule, sans l'aide de personne. Depuis sa rencontre avec Matteo, elle n'était plus sûre de rien. En couchant avec lui, elle avait transgressé les règles qui régissaient son existence. Elle était maintenant enceinte, sur le point de se marier. Tout avait changé si vite qu'elle avait de la peine à s'y adapter. Elle avait l'impression d'avancer à tâtons, en plein brouillard, sans savoir si elle s'apprêtait à tomber dans un gouffre au prochain pas.

Sans la quitter des yeux, Oral sirotait son thé.

— Je sais que sans ce bébé, et sans notre projet de fusion avec Arturo, nous ne serions pas là aujourd'hui. Mais Matteo est très épris de vous. Et si vous avez accepté de l'épouser, c'est parce que vous l'êtes aussi, à mon avis.

Ruby fixa la vieille dame, à deux doigts de tout lui avouer : à quel point elle aimait son fils, cet homme qui lui donnait l'impression d'être en vie, qui la comprenait comme personne avant lui. Cet homme qui l'avait convaincue qu'elle avait la force, les ressources et l'intelligence nécessaires pour élever un enfant.

— Matteo sera un très bon père, murmura-t-elle d'une voix rauque. Il fera tout pour ce bébé.

Un grand sourire aux lèvres, Oral acquiesça.

— Exactement. La famille, à nos yeux, est sacrée. Votre bébé ne manquera de rien, et surtout pas d'amour.

Oral reposa sa tasse, souleva le plateau pour le caler sur la table de chevet et, sans crier gare, étreignit Ruby. Cette dernière sentit fondre un bloc glacé, au plus profond de son être, et la serra dans ses bras en retour. Elle percevait confusément, sans se l'expliquer, que la couleur avait fait son retour dans sa vie.

— Et maintenant, employons-nous à vous faire une beauté pour la cérémonie. Ce ne sera pas très difficile...

Les bureaux de Calvaneo Capital occupaient les dix derniers étages d'une tour de Canary Wharf à Londres. L'ascenseur était rapide, déjà peuplé malgré l'heure matinale d'hommes et de femmes en costume gris ou en tailleur bleu, les couleurs dominantes du milieu de la finance. Il était 8 heures du matin, Matteo se mariait trois heures plus tard à Rome. Il n'était donc pas d'humeur à attendre.

Au cinquantième étage, il se dirigea droit vers la réception. Il était repérable de loin, il le savait – il dépassait tout le monde de deux têtes. Il l'était doublement aujourd'hui, dans sa redingote de marié, une rose à la boutonnière. Des sourcils se levèrent à son passage mais il les ignora.

Matteo avait appelé pour annoncer sa visite. Il ne fut donc pas surpris de voir la silhouette de Claudio s'avancer dans un couloir aux parois vitrées. Il avait beau s'y être préparé, il sentit son rythme cardiaque s'accélérer. Un goût de bile lui tapissa le gosier.

— Matteo. Comme c'est aimable de venir me voir.

Malgré les années, Claudio n'avait rien perdu de son élégance. Ses cheveux autrefois noirs, soigneusement tirés en en arrière, étaient désormais blancs. Ses légendaires abdominaux avaient laissé place à une brioche qui tendait la veste d'un costume hors de prix. Ces détails mis à part, c'était le même homme.

— Ce n'est pas une visite de courtoisie, Claudio. Comme tu le vois, je me marie aujourd'hui, je serai donc bref.

Dépassant Claudio, Matteo pénétra dans le bureau dont ce dernier venait de sortir, s'arrêta au milieu de la pièce et regarda autour de lui. La décoration, élégante bien qu'un peu étouffante, évoquait un club privé des années 1920. Au mur, des photos dans des cadres d'argent montraient Claudio en compagnie de clients et d'amis.

— Pour quelqu'un dont l'action est en chute libre, observa Matteo, tu es bien calme. Mais je suppose que tu es habitué aux mauvaises nouvelles, après en avoir répandu tant.

— Tu es venu de si loin pour me complimenter sur mon calme ? Merci, alors. Tu as l'air très en forme, toi aussi. Très élégant. Ton père aurait été fier de toi.

Claudio parlait en italien, comme autrefois. Matteo lui répondit dans la même langue.

— À la clôture de New York, Calvaneo Capital avait perdu dix pour cent. Londres va ouvrir, puis Tokyo. Tes actionnaires t'abandonnent. Tu es fini, Claudio. Avant la fin de la journée, tu auras perdu ton calme.

L'autre se contenta de hausser les épaules, apparemment indifférent.

— Je ne peux que te répéter que tu n'avais pas besoin de venir. Même si je suis ravi de te voir. Tu me rappelles tellement Michele.

— Mon père t'aimait, Claudio. Il t'aimait, et regarde ce que tu as fait.

Matteo n'avait pas planifié cette remarque - elle était sortie d'elle-même. Mais il comprit en voyant le visage de Claudio se décomposer qu'il avait touché dans le mille. Son vieil ennemi déglutit, les yeux remplis de larmes.

— Il t'aimait, renchérit-il. Et il aimait ma mère, et il m'aimait. C'était un homme bon.

— Tu n'es pas venu juste pour me dire ça, fit Claudio d'une voix rauque. Alors crache le morceau. Dis ce que tu veux *vraiment* me dire, depuis des années.

— Que je te hais ? À quoi bon ? J'ai compris que je perdais mon temps. Tu dois vivre avec ce que tu as fait, et ça me suffit.

— Michele était un couard. Il refusait de...

— C'était mon père ! rugit Matteo, agrippant Claudio par le revers de sa veste pour le plaquer au mur.

Il approcha son visage du sien et, les dents serrées, ajouta :

— Et mes enfants seront élevés dans le respect de sa mémoire.

Claudio blêmit, les yeux écarquillés. Le couard, c'était lui. Matteo le relâcha et s'éloigna d'un pas pour le toiser une dernière fois.

— Bonne chance pour trouver quelqu'un qui respectera la tienne.

17

À 11 heures précises, Ruby quitta sa chambre. Le couloir était envahi de soleil et des voix montaient du rez-de-chaussée. Elle tremblait presque sous l'effet de la panique.

— Allez attendre en haut des marches, souffla Oral, resplendissante dans une robe vert olive.

Ruby se tourna vers sa bonne fée – car elle commençait à la considérer comme telle. Puis, encouragée par sa présence rassurante, elle fit ce que la vieille dame commandait. Face à elle, un miroir lui renvoya l'image à laquelle elle peinait encore à s'habituer. Sa robe avait été fournie en dernière minute par Giorgios, le célèbre couturier, qui se trouvait être l'un des meilleurs amis de Matteo. Elle lui allait à ravir, avec son bustier sans manches et sa taille Empire qui s'évasait en forme de tulipe. Simple, élégante, parfaite. Ses cheveux, remontés en chignon, étaient retenus par une tiare de perles qu'avaient portée, selon Oral, toutes les mariées de la famille Rossini depuis trois cents ans.

Ruby prit une profonde inspiration, puis se força à desserrer son étreinte sur son bouquet d'orchidées.

Un trio se mit à jouer un air de Bach – c'était le signal. Sur un signe d'Oral, elle descendit.

Matteo l'attendait dans le salon. Il portait une redingote sur une chemise au col ouvert, sans cravate. Une rose ivoire émergeait de sa poche, ses cheveux étaient soigneusement tirés en arrière. Quand il la vit, un grand sourire étira ses lèvres. Ruby acquiesça en guise de réponse, la gorge serrée, et prit place à son côté. Les paroles rituelles furent prononcées, les alliances apportées sur des coussins de velours. Ils n'avaient pas répété, mais Matteo s'exprimait avec aisance, d'une voix forte. Et quand il lui glissa enfin son alliance au doigt, la jeune femme la fixa pendant quelques secondes d'un air ébahi. Elle était mariée. *Mariée.*

Matteo l'attira contre lui et plongea les yeux dans les siens. Elle l'aimait, mais elle ne pouvait pas l'avouer. Comment lui expliquer à quel point elle l'admirait ? Comment lui expliquer qu'elle ne pouvait plus envisager l'avenir sans lui, qu'elle l'adorait de toutes les fibres de son corps ? Incapable de prononcer ces paroles qu'il n'avait pas demandé à entendre, elle les exprima dans le baiser qu'ils échangèrent. Elle l'embrassa de toute son âme.

Lorsqu'il se détacha d'elle, un sourire flottait sur les lèvres de l'Italien. Il ne l'aimait peut-être pas, mais leur fille allait avoir un père, et une grand-mère. C'était déjà bien davantage que ce qu'elle avait espéré. Quant à la suite, mieux valait ne pas y penser. Que se passerait-il lorsque son mari aurait obtenu d'Augusto Arturo ce qu'il désirait ? Lorsque des femmes se jetteraient à ses pieds ?

Plongée dans ses pensées, elle le suivit sur la terrasse pour les photos de rigueur. Les toits de Rome, à l'horizon, baignaient dans une brume de chaleur qui donnait l'impression qu'ils étaient faits d'or pur. De rares nuages s'effilochaient dans un ciel bleu azur. C'était le jour parfait pour se marier.

Et Ruby n'avait qu'une hâte : qu'il finisse.

— Ne fais pas cette tête, princesse, chuchota son compagnon lorsque le photographe s'éloigna enfin. Nous sommes mari et femme. Nous allons avoir une fille. Alors sois heureuse.

Ruby, en guise de réponse, se fendit de son plus beau sourire.

— Je *suis* heureuse. Autant que toi. Tout va bien se passer.

Le visage de Matteo s'affaissa soudain, et une ride soucieuse lui barra le front. Il jeta un coup d'œil rapide alentours, puis entraîna Ruby à l'intérieur, vers une bibliothèque à l'écart.

— Je te connais. Tu fais semblant. Tu n'es pas contente et tu es déjà en train de réfléchir à la meilleure manière de t'en sortir.

— Pas du tout, mentit-elle, rouge comme une pivoine. Tu te trompes.

Bon sang, ne pouvait-on rien cacher à cet homme ?

— Non, je ne me trompe pas.

Matteo se tenait à quelques centimètres d'elle, sans la toucher. Ruby savait que, même en fermant les yeux, elle percevrait sa présence. Il était devenu sa source d'énergie, un combustible nécessaire à sa vie. Sans lui, elle n'avançait plus. Livrée à elle-même, elle finirait par caler.

— Promets-moi que tu ne partiras pas, reprit son mari d'une voix rauque. J'ai besoin de toi.

— Je sais que tu as besoin de moi. Pour le moment. Mais nous savons tous les deux que ça ne durera pas.

— Qu'est-ce que tu racontes ? Bien sûr que ça durera. Nous allons avoir un enfant. Nous nous entendons à merveille, nous avons une alchimie unique, et nous venons de nous marier. Je sais que c'était par calcul, au départ, mais je n'ai plus du tout l'impression que ce soit le cas, aujourd'hui.

— Allons, Matteo, sans le bébé, nous ne serions pas là.

Échappant à son regard, elle tourna les yeux vers les livres anciens qui garnissaient les étagères de la bibliothèque derrière lui. Des particules de poussière dansaient dans les rayons de soleil.

— C'est vraiment ce que tu penses ? Viens, alors. Je voudrais te montrer quelque chose.

Il l'entraîna vers les étagères, ouvrit une porte vitrée et prit un carnet posé à l'horizontale au sommet d'une pile.

— Ce sont mes journaux intimes. Je les tenais méticuleusement quand j'étais enfant. Je continue à y noter des choses, de temps en temps. Voici le dernier.

Il le feuilleta – la moitié du carnet était remplie d'écriture et de croquis.

— Tu es là dedans, annonça-t-il avec un sourire.

Mais lorsqu'elle tendit la main, il plaqua le carnet contre son torse en riant.

— Pas ici. Viens, nous serons mieux dehors.

De la bibliothèque, ils regagnèrent la terrasse, puis descendirent jusqu'à un banc de marbre qui s'adossait à une fontaine ombragée. L'endroit était magnifique, incroyablement romantique, et Ruby sentit un tourbillon d'espoir renaître au fond de son cœur.

— Comme tu l'imagines, je n'ai jamais laissé personne lire ces carnets. Mais puisque tu en fais partie, ils t'appartiennent aussi.

De nouveau, Matteo feuilleta le journal, que Ruby se rappelait maintenant avoir vu lorsqu'ils étaient sur son bateau. Il s'arrêta sur une page.

— J'ai écrit à plusieurs reprises depuis notre rencontre. Mais le mieux, c'est que tu t'en rendes comptes par toi-même.

La gorge serrée, Ruby se pencha sur les pages couvertes d'une écriture fine, déterminée.

Quelle nuit !

Arturo devrait, je l'espère, fusionner avec nous. Et je me suis découvert une passion pour le ballet.

Bon, d'accord, plutôt pour une danseuse.

J'ai rencontré une femme. Belle, intelligente, sensuelle. Je compte la rappeler, quand l'affaire Arturo sera réglée.

C'est la première fois que je ressens ça depuis des années. Je me sens vivant. Plein d'énergie. Sentiment merveilleux.

Matteo lui prit le carnet des mains, tourna deux pages et le lui redonna.

Je n'arrive pas à me sortir cette fille de la tête.

— Tu vois ? Tu ne peux pas dire que ce mariage est une mascarade. C'est au contraire le début d'une formidable aventure.

Il la dévisageait avec une telle tendresse que Ruby

en eut le souffle coupé. Cette expression, elle ne l'avait jamais lue dans les yeux de quiconque. C'était une torche dans les ténèbres de son cœur, qui la guidait et la rassurait.

— Tu dis ça maintenant, mais tu ne seras presque jamais là, objecta-t-elle. Tu passeras ta vie à voyager, à courtiser tes clients et à sortir les couteaux que Claudio t'aura plantés dans le dos.

Matteo secoua la tête, l'air soudain grave.

— L'époque où j'étais marié à mon travail, c'est fini. Je ne veux pas finir comme mon père, même si, dans son cas, les problèmes n'étaient pas uniquement d'ordre professionnel. Si Claudio n'avait pas été fou de lui, rien de tout cela ne serait arrivé.

Ruby le fixa, éberluée.

— Comment ça, fou de lui ?

— Tu as bien compris. Ils étaient amants. Je n'en ai pris conscience qu'après l'enterrement. Par respect pour ma mère, je n'ai rien dit à personne.

Ruby étudia les chérubins qui crachaient de l'eau dans la fontaine, étourdie par ce qu'elle venait d'apprendre. Claudio avait donc agi par jalousie. Et Oral avait dû porter, presque seule, le poids d'un lourd secret. Comment annoncer publiquement que son mari était gay ? Elle avait dû souffrir en silence. Ruby l'admirait plus que jamais.

— Tu penses que c'est ce qui a poussé ton père à boire ?

— Tout ce que je sais, c'est qu'il avait mis sa vie dans la banque et qu'il était profondément malheureux, probablement du fait de ce problème d'identité.

Claudio vient lui-même d'annoncer qu'il était gay. Certains de ses vieux clients sont en train de le quitter.

— Parce qu'ils ne peuvent pas l'accepter ? C'est ridicule. Claudio mérite d'être puni pour ses crimes, pas pour ça.

— Je suis d'accord avec toi. Au point que je n'accepterai aucun de ces types comme clients. J'ai donc pris une décision.

— Une décision ? répéta prudemment Ruby.

— Si Arturo veut fusionner, très bien. S'il ne veut pas, très bien également. Parce que j'ai décidé d'ouvrir le capital de la banque et de la coter en Bourse. Après quoi j'en confierai les rênes à quelqu'un d'autre.

— Tu... tu es sûr ? Qu'est-ce que tu feras, à la place ? Tu comptes reprendre le sport ?

Avec un sourire tendre, son mari lui saisit la main pour la porter à ses lèvres. Leurs alliances accrochèrent un rayon de soleil.

— Il y a plusieurs possibilités, mais ça dépendra de toi. Nous allons avoir une fille. L'un de nous va devoir s'occuper d'elle pendant que l'autre travaillera. Si tu veux danser, je resterai à la maison. Si tu préfères rester à la maison, j'irai travailler.

Ruby leva les yeux au ciel, le cœur empli d'une joie immense. Des peupliers, au-dessus d'elle, se balançaient dans la brise. L'herbe ondulait, les fontaines gargouillaient de plaisir. Comme le parc de Croydon où elle avait joué autrefois lui paraissait lointain ! Ici, il n'y avait pas de bac à sable sale, pas de murs de béton couverts de graffitis ni de passants indifférents, téléphone portable collé à l'oreille.

Cette vie de soleil et de joie était exactement ce qu'il fallait à leur fille.

— Où voudras-tu vivre ? demanda-t-elle d'une voix hésitante.

— Ruby, nous sommes libres. *Je* suis libre. Nous vivrons où tu le voudras. Depuis dix ans, je suis esclave de cette banque, ce qui vaut mieux que d'être esclave au Colisée que tu discernes là-bas, je le concède. Mais depuis dix ans, je fais un travail que je n'aime pas. Je deviens, chaque matin, une personne que je n'aime pas davantage. Aujourd'hui, je suis enfin libre ! répéta-t-il d'un ton triomphal.

Sa joie de vivre, contagieuse et inattendue, arracha un éclat de rire à Ruby.

— Je suis vraiment heureuse pour toi, Matteo. Ça n'a pas dû être une décision facile.

— Je crois que tu ne comprends toujours pas, ma chérie. C'est le plus beau jour de ma vie. Tu as fait de moi l'homme le plus heureux du monde. Je me moque de tout le reste. La décision a été très facile à prendre, au contraire.

Il lui encadra le visage de ses larges mains, puis l'embrassa longuement. Ruby fondit, ébranlée par la ferveur qui émanait de lui, mêlée d'un message clair. *Tu m'appartiens.*

— Tu m'aimes ? s'entendit-elle demander.

— Quelle question. Bien sûr que je t'aime. Je n'ai jamais rencontré une femme aussi passionnée, aussi brillante que toi. Ton exemple m'a fait reconsidérer ma propre vie. Quand je t'ai demandé de m'aider, tu n'as pas hésité un seul instant. Je ne l'oublierai jamais.

Elle déglutit, émue.

— Tu m'as demandé de faire semblant de t'aimer... Je n'ai jamais eu besoin de faire semblant.

— Moi non plus. Nous avons la vie devant nous, désormais. Nous déciderons de ce que nous voulons en faire ensemble. Peut-être que je deviendrai entraîneur... Qui sait ? L'essentiel, c'est notre fille. Que nous lui donnions la priorité, c'est tout ce que je te demande. Elle doit savoir que nous l'aimons autant que nous nous aimons.

Ruby acquiesça, radieuse. Le meilleur des remèdes à la peur, c'était l'amour. Pas le repli sur soi. Pas la fuite.

— Mon père..., lâcha-t-elle. Je ne te l'ai jamais dit, ni à personne, mais je ne l'ai jamais rencontré. Je ne connais que son nom et la ville dont il vient. Tu pourrais m'aider à le retrouver ?

— Oh ! *cara*...

Matteo l'attira contre lui, dans une étreinte à lui couper le souffle. Ruby s'y abandonna, ivre de bonheur.

— Ta confiance m'honore. Oui, nous le retrouverons, ensemble. Sache aussi qu'Oral sera là pour toi, tout autant que moi. Et pour elle, acheva Matteo, plaçant une main tremblante sur son ventre.

Ruby sourit contre son torse – enfin, tout était clair. À mi-voix, dans les bras de son mari, elle murmura les mots dont, pour la première fois, elle comprenait le sens.

Les amants ne se rencontrent nulle part, ils sont l'un dans l'autre, toujours...